烏野
10
JN048159

烏野

映画、
楽しみですね!!!!!!!!
チュ
11
シネマズ
11
シネマズ

劇場版

ハイキュー!!

ゴミ捨て場の決戦

原作：古舘春一

小説：誉司アンリ

小説… JUMP j BOOKS

CONTENTS

7 出会い

【音駒(ねこま)高校】
孤爪研磨(こづめけんま)
2年／S(セッター)
好物：アップルパイ

【烏野(からすの)高校】
日向翔陽(ひなたしょうよう)
1年／MB(ミドルブロッカー)
好物：たまごかけごはん

杜の都・仙台の5月の空に烏が飛んでいる。

賑やかな街から離れた郊外の住宅街は昼間でもあまり人通りはなく、のんびりとした時間が流れていた。烏のカァカァと鳴く声さえどこか悠長に聞こえる。

そんな見知らぬ初めての土地で、東京より少しだけ肌寒い空気を感じながら、いつのまにかみんなとはぐれてひとりになってしまった孤爪研磨は呆然と立ち尽くす。

「え、ウソ……」

東京からわざわざやってきた理由は、因縁の相手と練習試合をすること。

時間があればゲームをしていたい研磨には、そのことにわずかな面倒くささを感じていた。だからその因縁の相手との練習試合の球技場に向かって駅から歩きだして間もなく、みんなの後をついていけばいいだろうと携帯を取り出しなんとなく眺めていたのがはぐれてしまった原因だった。

その携帯も電池切れでまっ暗になってしまった。これでは地図を見ることもできない。

研磨は改めて周囲を見回すが、道案内の看板も目印になりそうな建物もない、どこにでもありそうな住宅街だ。道を訊こうにも人がいない。仮にいたところで人見知りの研磨には話しかける選択肢はなかったのだが。

「……まあ時間までに合宿所行けばいいし……」

研磨は自分でどうにかすることを早々に諦め、少し先にあった小さな公園のフェンスの下のコンクリートの土台に腰を下ろした。脇に置いたスポーツバッグから清涼菓子を取り出し、ひと粒口の中に放りこむ。口の中で砕きながら菓子をバッグに戻し、今度は携帯ゲーム機を取り出す。

見知らぬ土地で迷ったら下手に動かないほうがいい。ここで待っていれば幼なじみの黒尾鉄朗が気づいて探しにきてくれるはず。

思わぬ空き時間に研磨はゲームを開始した。ピコピコと電子音が小さく鳴り始める。そんな研磨の横の塀の上で猫が昼寝をしていた。空には気持ち良さそうに烏が飛んでいる。その翼から黒い羽がふわりと落ちた。

ふわふわと舞うように落ちてくる羽はやがて、気合いを入れすぎて爆走し、同じく仲間とはぐれてしまった少年の足元に着地した。

少年は前方にいる研磨をみつけた。

「なにしてんの～？」

いきなり屈託ない声で話しかけられ、研磨とその近くで昼寝をしていた猫がビクッと驚いた。

「えっ⁉　え〜っとあ〜……迷子？」

駆け寄ってきた少年に研磨は戸惑い視線を彷徨わせ答える。猫は、いきなりの登場人物を警戒するように大きな目でふたりを観察していた。

けれど少年は、一人と一匹の戸惑いと警戒など微塵も感じていないように口を開く。

「えっ、よそから来たの？」

「うん……」

「それ面白い？」

人見知りのひの字もなさそうな明るい声色とまっすぐな問いかけ。研磨は自分とは違う人種だと悟り、この時間が早く過ぎ去ってくれることを祈りながら答えた。

「え、う－ん……べつにこれはただの暇つぶしだし……」

「ふ－ん……」

いつのまにか烏が猫の向かいの壁に止まっていた。烏は猫を興味深そうにじっとみつめ、猫は警戒を強める。ゴミを漁る烏と猫は天敵といってもいい。

「あ！　バレーやんの⁉」

急に目をキラキラさせながら叫ぶ少年に、研磨はまたビクッとしながら「え?」と問い返す。少年の視線は研磨のスポーツバッグにそそがれていた。

「そのシューズ! バレーの!?」

開いたままだったスポーツバッグから見えていたシューズを目ざとくみつけた少年の目は、何かを期待しているようにキラキラを増していく。

「あ、うん」

研磨はなぜそんなに興奮しているのか不思議に思いながら頷くと、少年は高揚して嬉しそうに口を開いた。

「おれもバレー部! おれ、日向翔陽!」

急な自己紹介に研磨はなおも戸惑いながら、一応の礼儀として自分も名乗る。

「……孤爪……研磨……」

研磨はなんとなく少年が高揚した理由がわかった。日向はバレーが好きなのだろう。

「……えーと、バレー好き?」

日向はそれ以上返してこない研磨を不思議に思ったのか、少しだけ遠慮がちに言った。

そのわずかな変化に研磨は気づき、ただの明るいだけの少年じゃないことをぼんやり感じながら答えた。

「うーんべつに……なんとなくやってる。嫌いじゃないけど……疲れるのとかは好きじゃない。けど友達がやってるし……おれいないとたぶん困るし……」

まっすぐな日向に正直に答えた。嘘をつくのはムダな労力を使う面倒くさいことだ。そんな研磨の正直な言葉を、自分の求めている言葉ではないと感じ怒る人もいたが、そんな相手に気を遣うほど理不尽なことはないと研磨は思っている。

「ふ～ん、好きになったらもっと楽しいと思うけどな～」

日向は研磨の言葉をまっすぐに受け取って、まっすぐに返してくる。裏も表もないのだろうと研磨は思いながら口を開く。

「いいよ、どうせ高校の間やるだけだし……」

好きになるのも嫌いになるのも人の勝手。強要されるのは好きじゃない。不機嫌な声色の研磨の言葉に日向の返事は返ってこない。

「……?」

反応がないのを不思議に思った研磨はチラリと日向を見る。

日向はまっすぐに研磨を見ていた。どこか悲しそうな目と目が合い、研磨は小さく息を止めて視線をそらした。

胸の底が小さく波打つ。この気まずいような気持ちはなんだろう。

猫がふいに立ちあがり、塀の内側へと飛びおり逃げた。その向かいで烏はじっと動かずにその行方を見ているようだった。

「研磨ー起きろー！」

聞き慣れたうるさい声に目を覚ました研磨は、まだ完全に開ききらない目をうっすらと開ける。うるさい声の主は同じバレー部の山本猛虎だった。

「もうみんなメシ行ったぞ。お前も早くしろよ」

連日の試合のため泊まっていた「ホテルまたたび」。雑魚寝の大広間入り口から山本がそう声をかけ襖を閉める。だがその瞬間、研磨は再び眠りにつこうと目を閉じた。

「起きろー‼」

研磨の寝起きの悪さを知っている山本がすぐに感づいて再び襖を開けて叫ぶ。あまりの大声に驚いた研磨は二度寝を諦めて起きることにした。食堂へ行くために階段をおりていく山本の足音を聞きながら周りを見回すと、自分以外の布団がキレイに畳まれていることに気づく。

ボサボサ頭のまま寝起きの固まった身体を起こすように伸びをして立ちあがり、同じように布団を畳んで携帯を手に大広間を出た。

階段をおり始めたところでメール着信を知らせる音が鳴る。日向からだった。

『おはよう!! いよいよだな! 楽しみだな!!』

文字だけでも気合いと元気が伝わってくるメールに研磨は小さく笑った。

「チビちゃんからか?」

幼なじみの黒尾の声に顔を向ける。階段下で黒尾がまるで研磨を待っていたように立っていた。面倒見のよい黒尾は、なかなか起きてこない研磨の様子を見に行くところだったのかもしれない。

「これから戦う相手に気軽にメールしてくるの面白いよね」

幼なじみの気軽さで研磨は面白そうに言う。

日向は研磨にとって、初めて試合したときから予測不可能の存在だ。初めて見る能力は研磨の攻略心をくすぐり、まっすぐで裏表のない性格は心地よく、研磨にしては珍しく自然に気の置けない友人になった。

メールの返信を打っている研磨を見ながら、黒尾は少し考えて口を開く。

「……チビちゃんは全力でお前に勝ちにくるだろうな」

「……？」

含みを持たせたような声色に研磨は顔を上げる。

「そりゃあ試合に勝とうとすんのは、当然でしょ」

なにを当たり前のことを言っているのだろうとわずかに眉を寄せる研磨に、黒尾はなおも続ける。

「そうじゃなくてお前に」

「？……意味わかんない」

日向が自分に勝ちにくる。試合以上の意味を持つそれに研磨は気づきもせず、友人へメールの返信を送った。

『そうだね』

返ってきた研磨からのメールを日向は宿泊している「かけす荘」の前で見ていた。

そっけないのはいつものことだが、それを気にする日向ではない。研磨は率直で面倒くさがりなだけで冷たいわけではない。けれど今日はそのそっけなさが胸に引っかかった。

「……研磨はたぶん試合に負けてもとくになんとも思わない」

「あん？」

そう言った日向に試合に向けて身体をほぐすように柔軟（じゅうなん）していた影山飛雄（かげやまとびお）が反応する。

「でも俺は研磨に勝つ!!」

日向は顔を上げ決意を込めるように宣言した。その気合いの込めように影山は「なに言ってんだ？」と言わんばかりに顔をしかめる。

日向は研磨と初めて会ったときのことを思いだしていた。

特別バレーが好きではない、試合に勝っても「べつに普通かなぁ……」と言った研磨。

バレーが大好きな日向にはそのことがとても悲しくて、どうしようもなくもどかしかった。だから次、もう一回がない試合で必死にさせて「楽しかった」とか「悔（くや）しかった」とか、べつに以外のことを言わせたいと思った。

その気持ちはずっと変わっていない。

日向たちの近くで道路を挟（はさ）んで猫と烏がにらみ合っている。

そして今日、待ち望んだもう一回がない試合。

——春の高校バレーボール、通称春高（はるこう）、男子三回戦音駒（ねこま）高校対烏野（からすの）高校の試合がもうすぐ始まる。

7 試合開始

【烏野高校】

影山飛雄
1年／S
好物：ポークカレー温卵のせ

月島蛍
1年／MB
好物：ショートケーキ

山口忠
1年／MB
好物：ふにゃふにゃのフライドポテト

谷地仁花
1年／マネージャー
好物：ふ菓子

春高が行われる東京体育館は早くも熱気に満ちていた。

メインアリーナには三面もコートが並び、それを二階から観られるように両脇に観客席が設けられている。天井は高く、ライトが煌々と選手たちの入場を待ちわびていた。

一番奥に大型モニターがあり、今日の対戦カードが映しだされている。その一番最初にあるのは音駒高校対烏野高校だ。

それを壁際から見上げていた音駒バレー部のコーチ・直井学は感慨深そうに隣に立つ監督である猫又育史に声をかけた。

「いよいよ〝ゴミ捨て場の決戦〟ですね、猫又先生……！」

猫又は「ん～」と少し考えて口を開く。

「でも烏野と戦うことを目標にここに来たワケじゃない。ただ少しだけ、この試合を楽しみにしてる人間が多いだけだ」

その言葉どおり、観客席にはこの試合を心待ちにしていた面々が集まっている、
音駒側応援席には山本の妹のあかねが応援団に活を入れている。一方、烏野側にも烏野

高校バレー部ＯＢの嶋田誠と滝ノ上祐輔、ふたりより後輩になり、月島蛍の兄でもある月島明光、そして田中龍之介の姉であり応援団をまとめている田中冴子がいる。

そしてサイドの観客席から両チームを観ようとしているのは、梟谷学園グループの長期合宿でしのぎをけずった生川高校の強羅昌己、森然高校の小鹿野大樹と千鹿谷栄吉がいる。同じサイド側の別の場所には、つい先日、音駒と対戦し敗れた戸美学園の大将優が彼女の山架美華と来ていた。

コート脇には同じく合宿でしのぎをけずった梟谷学園の木兎光太郎と赤葦京治が見学に来ている。

東京だけではなく仙台では、地元の食堂のテレビを観ながら応援しようと、ぞくぞくと人が集まってきていた。

数十年前に始まった烏野と音駒の因縁は、まだ中学生だった猫又と、そして同じ中学生だった烏野バレー部前監督の烏養一繋と出会ったことから始まった。

違う中学だったふたりは練習試合、地区予選と戦うたびに切磋琢磨していた。猫又の転校によって交流は途絶えかけたが、高校生になったふたりは全国大会で烏野高校と音駒高校として戦い、その縁を再び繋いだ。大人になったふたりはそれぞれの母校でコーチになっており、それからは頻繁に練習試合で交流していたが、公式戦で戦うことはなくそれぞ

れ引退し縁はこのまま途切れていくかに思われた。

　だが、烏野バレー部顧問の武田一鉄が部員たちのためにと一繋の孫である繋心をコーチに誘い、そして猫又に練習試合を申しこんだことで再び縁が復活した。

　人の縁は、波紋のように普及していく。熱意とともにそれは強く太い縁になり、また新しい縁を結んでいく。

　数十年を経て実現したこの試合は、たくさんの人が待ち望んでいたもの。

　猫又は遠い空の下で観ているだろう好敵手を思い浮かべながら老獪な、けれど中学生のようにも見える表情でニカッと笑う。

「俺も含めてな！」

「行くぞ!!」

　烏野バレー部キャプテンの澤村大地が部員たちに声をかけながらコートに入っていく。ウォーミングアップに使うボールが入った大きな籠に、水分補給のドリンクやタオルなど必要なものを持ちこみ、試合開始前のわずかな時間にセッティングする。同じく音駒もコートに入り素速く準備していた。

「こいつらは昔の因縁なんか知ったこっちゃねえんだ」

　コートに充満し始める選手たちの熱気。

その様子を横目に自分もコート際に移動しようとしていた猫又に声がかけられる。

「猫又先生」

やってきたのは繋心と武田だった。

「おお、今日はよろしく頼むな」

猫又と武田が握手する。武田が穏やかだが意思の強そうな笑みを浮かべながら言う。

「満を持して勝ちに来ました」

武田の後ろから繋心も鋭い強気な笑みを浮かべている。その顔は若い頃の好敵手そっくりだ。

試合という戦い。ふたりの気迫に猫又は小さくハッとして、威圧を込めた笑みを浮かべる。

「受けて立とう」


ピーッ！　主審がチームキャプテンを呼ぶ笛を吹く。試合の前の挨拶だ。

「あらあらまあ、フライング上手の烏野さんじゃないですか」

黒尾がコートの中央へ歩きながら、同じように向かってくる澤村にからかうように声をかける。

　長期合宿の伝統的なルールで、練習試合に負けたほうはフライングレシーブの飛びこむような動作でコートを一周するのが罰ゲームだった。烏野は負け続け、フライングの王者となっていた。

　両チームの選手たちはトスでウォーミングアップしている。

　人を食ったような笑みで手を差し出す黒尾の手を、澤村は爽やかだが肝がすわった笑みを浮かべてガッと握った。

「どうもおかげさまで……！」

　食えない者同士、互いに力を込めていくが力比べは若干澤村に軍配があがる。黒尾は内心痛がりながらもなんとか顔には出さない。戦いにはプライドが要るのだ。

「二日連続で観にくるなんて、なんだかんだ言って音駒のこと応援してるんじゃない？」

　コートを見渡す観客席で大将に美華が言う。言われた大将は本音を見破られたようにギクッとした。

「ち、違っ！　俺は音駒の負けが見たいだけ!!」

焦って反論する大将が見ていた大会パンフレットのページは音駒高校が載っている。それを見ていた美華がからかうように笑って言った。

「えー、素直じゃないなー」

「ほ、本当だって」

人の本音は行動に出る。興味がなければ、そもそも観にきていない。負けた相手の行く末が気にならない敗者はいないのだ。


ピーッと整列を促す笛がなり、両選手たちがコートの前で一礼する。

「ねあいしアース!!」

選手たちの力の入った挨拶が会場に響く。それを聞いた全員法被を身に纏った烏野応援団の冴子が和太鼓のバチを手に応援団のほうに振り返った。

「気合い入れていくよー!!」

それに応えて応援団がいっせいに太鼓を鳴らす。腹に響く弾けた音で会場中の空気を震わす和太鼓の小気味良いリズムが鳴った。

音駒応援団も負けていない。

「絶対絶対、応援で負けちゃだめだよ!!」

山本の妹のあかねは音駒応援団を振り返り、小さな身体にみなぎるパワーで発破をかける。それに応えるように太鼓の音に負けない手拍子とともに声を張りあげた。

「いけいけ音駒！　おせおせ音駒！」

開戦の時を今か今かと待ちわびる両校の応援が盛りあがる。

「いーなー！　俺も烏野とも音駒ともやりてーなー！」

「そうですね」

盛りあがる空気をコート脇で体感した木兎がワクワクしたように叫んだ横で、赤葦が冷静に応える。

「山本おー！　がんばれよおー!!」

音駒応援団から山本のクラスメイトたちが声援を送る。山本が「おー任せろー!!」と気合いを込めて応えている姿をベンチから見ていた東峰旭がドリンクを飲んでから言った。

「さすが東京勢は応援も多いな」

「地元民め……！」

同じくそれを見ていた田中が悔しそうに顔をゆがめる。やはり東京で開催されているので気軽に来られる音駒のほうが応援団の人数は多かった。

「ヨッシャ研磨、鬼金コンビ止めたろうぜ！」

悔しがられているとは思いもしない音駒ベンチでは、いつも以上にやる気あふれる山本が、いつもどおりの研磨に声をかける。だが応えたのは夜久衛輔だった。

「ブロック分断されんのが一番やっかいだからなー」

開始前のベンチは多少なりとも高揚しているものだ。けれど研磨はいつも、いつもどおりだ。高揚する空気に飲まれることもなく静かにしている。

猫又はそんな研磨の様子をじっと見ていた。

研磨は試合の勝敗にさほど興味がなく、その言葉は熱を持たない。

可能か不可能かの分析だけ。

猫又の視線が烏野のベンチで選手たちになにやら熱心に話している繋心に移った。

研磨は攻略対象について考える。

(可か不可か……)

成長を続ける烏。いつも新しく、進化を続ける日向。そのチーム。

攻略できるかなんて、いつだってやってみなければ。

「わかんない」

いつもどおりの静かな研磨を猫又は笑顔で見守る。

「おっし、いつもの!」

黒尾が拳を突き出しそう言うと、ベンチにいる部員たちがその周りに集まっていく。ひとり乗り気でなさそうな研磨の腕をつかんだ山本が勝手知ったるように引っ張りこんで、全員が円陣を組んで拳を中央に突き出した。

試合前の音駒の儀式だ。

「……俺たちは血液だ。滞りなく流れろ。酸素を回せ、〝脳〟が正常に働くために」

音駒の頭脳である研磨は、相手を攻略する攻撃を常に考え続ける。黒尾たちはそれを徹底的にサポートし攻撃の手足となる。それが音駒というチームだ。

烏野も同じく円陣を組んでいる。両者は気合いを込めて試合開始の鬨の声をあげる。

「食い散らかすぞァ!!」

両チームのキャプテンの殺気じみたかけ声に仲間たちが応える。

「オアーイ!!」

因縁とプライドを背負い、持てる限りの力で戦って勝ち残るのはどちらか一方。

食うか、食われるか。

ゴミ捨て場の決戦が今、始まる。

「では両チームのスターティングメンバーの紹介です」

コートに並んでいる両チームをアナウンサーが紹介していく。

「まずは昨日優勝候補の稲荷崎高校を破った烏野高校。1番・キャプテン、烏野の支柱ウイングスパイカー澤村大地」

「声出してけよー！」

手を叩きながら緊張をほぐすように声をかける澤村は、キャプテンの貫禄十分で落ち着いている。

「お、おうっ！」

「3番・ウイングスパイカー烏野の主砲エース、東峰旭」

東峰はそれに応えるが、緊張を隠しきれない。大きい身体で小心者だが、いざというときは頼りになるエースストライカーだ。

「5番・今大会急成長の裏エース、2年生ウイングスパイカー田中龍之介」

「シャアアアア！」

田中は気合いを入れるように両手で頬をバチンッと叩く。

「9番・注目度急上昇の1年生セッター影山飛雄」

影山は目を閉じ精神統一に集中している。

「10番・こちらも要注目、大会最小ミドルブロッカー日向翔陽」

日向は調子を確かめるように、その場でピョンピョンとジャンプしていた。

「11番・チーム最長身のブロックの要、ミドルブロッカー月島蛍」

月島は始まる時を静かに待っている。

「リベロは4番・守護神にしてムードメーカー西谷夕」

西谷はやる気あふれる頼もしい笑顔で今か今かとサーブの笛が鳴るのを待っている。

「率いるのは武田一鉄監督」

武田は肩に力が入るほど真剣な様子でコートの面々を見守っていて、その隣で繋心が立ったままコートを見渡していた。

「そしてバレーボール未経験の武田監督に代わり実質の指導は烏養繋心コーチが務めます」

入院中の病室で繋心の頼もしそうな姿がテレビ画面に映されたあと、一繋はドヤ顔で振り返って言った。

「……俺の孫」

一緒に試合が始まるのを見ているのは一繋のバレーの教え子たちだ。それに同室の入院患者や様子を見に来た看護師もいる。

「えーっ⁉　すごーい！」

「若いのにねー！」

「顔そっくりですね！」

一繋の孫だと知らなかった看護師と患者が驚く。

『練習試合では負け越しているという烏野高校。〝今日は勝ちに来ました〟と若き闘将、気合は十分』

孫の晴れ舞台に一繋は嬉しそうに笑って再び画面を見た。

放送席のアナウンサーが続ける。

「続いて音駒高校。1番・キャプテン黒尾鉄朗オールラウンダーなミドルブロッカーです」

黒尾は会場の空気をその身に馴染ませるように周囲を見渡す。

「2番・攻守に安定した実力、常に冷静な3年生ウイングスパイカー海信行」

研磨とは別のベクトルで常に穏やかで落ち着いている海は、今日も落ち着いている。

「4番・2年生エース山本猛虎。音駒の主砲」

「シャアアア！」

叫んだ山本は気合い十分だ。

「5番・音駒の頭脳、セッター孤爪研磨。今大会その曲者ぶりが表れつつあります」

「トラうるさい」

研磨は叫ぶ山本に顔をしかめた。

「6番・変幻自在なコース打ちに注目、2年生ウイングスパイカー福永招平」

福永は飄々とした顔で会場を見渡す。

「11番・その体軀とセンスで音駒の主力となりつつあります。1年生ミドルブロッカー灰羽リエーフ」

「トス、俺に全部くださいい！」

研磨にトスを要求するリエーフは素直なところが良いところでもあり、玉に瑕でもある。

「リベロは3番・守りの音駒のエース、夜久衛輔」

「お前バカじゃねーの？」

素直すぎるリエーフに夜久が突っこむ。

「率いるのは猫又育史監督」

猫又は好々爺のような笑みを浮かべてコートの選手たちを見守っていた。

『一度監督を引退しましたが2年前に復帰。みごと音駒を全国の舞台へ導きました』


テレビを見ていた教え子のゆうが身を乗り出す。

「あ！　この人でしょ、師匠のライバル！」

「化け猫監督」

あやがイタズラっぽく言うのに対し「猫又監督だろ！」と突っこむ。

『烏野高校は昔からのライバルにあたりますが、勝ちにきたという烏養コーチに対し、笑顔で受けて立つと返しました』

テレビからのアナウンサーの声に、あやが尋ねた。

「……師匠もこの大会出たかったんじゃないの？」

素直な疑問に一繋がふと考える。けれど出てきた答えは凪のように穏やかで、確固たるものだった。

「んー、そうでもねえかなあ」

テレビのなかでは日向が腕を伸ばしている。次に立ってコートを見ている繋心の後ろ姿が映った。

「……春高のパンフレットに俺の名前は載ってねえが俺の弟子がコートにいるし、俺の〝血〟はコートにある。申し分なし」

自分がそこにいなくとも、繋いだ想いがそこにはある。

戦うことに対する自分の執着は、とうの昔に熟成されてバレーを通して未来へ託した。

一繫はなんの後悔もない笑顔を浮かべ、そして好戦的な視線を画面越しの会場へと向けた。

影山がボールを持ち、サーブ位置へと立つ。

「影山、一本ナイッサー!!」

「ナイサー!!」

田中と澤村が初手に向けて声をかけた。烏野のサーブからいよいよ試合が始まる。

緊張気味に見守る武田の近くで、繫心は毅然とコートを見ながら思う。

(これは今の戦い、こいつらの戦い。でも俺たちだけの力でここに立っているワケじゃな

い。そのくらいこいつらだってわかってるよ。だから満喫してくれ。じじい）

受け継がれた縁の先で生まれた新たな縁。この瞬間に繋がれた人の想いが集約した会場に、サーブ許可の笛が響いた。

影山がボールを手の中で回し、高く放り投げる。助走しながら大きく振りかぶり高い打点でジャンプサーブを放つ。ギュンと音駒コートに飛びこむ強いボールは影山の調子がいいのを知らせていたが、それを海がレシーブで上げた。

「ハイ！」

決まるかと思っていた影山が「！」と反応する。

「うおっ！　一発で上げた⁉」

驚く観客席の明光。隣で同じく決まるかと思っていた滝ノ上と嶋田が悔しがる。

「ナイスレシーブ！」

リエーフが声をかける間に、研磨がボール下へとトトッと入り、最小限の動きでトスを上げる。その間に速攻へと入ろうとしているリエーフの動きに即座に気づいた日向が、田中とともにブロックへと飛んだ。

ブロックを避けたリエーフのスパイクは、西谷が飛びこんでレシーブで上げた。

「ぬう！」と悔しがるリエーフ。研磨もわずかに顔をしかめた。

「ナイスレシーブ!!」

ウォームアップゾーンから菅原孝支(すがわらこうし)、山口忠(やまぐちただし)、木下久志(きのしたひさし)、縁下力(えんのしたちから)、成田一仁(なりたかずひと)が声を合わせ叫ぶ。だが西谷はキレイに返せなかった悔しさをにじませながら言った。

「フォロー頼む!」

影山が走りこんでボール下へ。影山がジャンプして上げたトスに跳(と)んだのは日向。リエーフもそれに釣られてブロックへとジャンプするが、日向の後ろで待ち構えていた東峰がバックアタックする。バコンッ!! と大きな音を立てて打たれたボールは威力そのまま音駒のコートに向かう。

バァン!!

東峰のバックアタックを夜久が正面で受ける。ボールは上がったが、あまりの衝撃に夜久は尻餅(しりもち)をついてしまった。

(強烈……!!)

腕を弾(はじ)くような強いアタックに夜久は思わず強気な笑みを浮かべる。

護(まも)りの音駒と称されるほど守備が強固な面子(めんつ)の中でも、リベロを任されている夜久の実力は計(はか)り知(し)れない。

「チャンスボール!!」

返ってきたボールを俺が取るとばかりに西谷が上げる。ほぼ同時に日向はネット際へと走りだした。

「レフトオオオオ‼」

田中がトスを呼ぶ間にボール下へと着いていた影山が構える。囮に跳んだ日向の向こうで田中が影山のトスに振りかぶった。

（俺のスパイクにたまげろ‼）

ブロックに跳んでいたのは海とリエーフ。ストレートに打つように見えたスパイクはインナーへきりこむように放たれる。しかしそれを山本がレシーブでなんとか上げた。

「‼」

田中は悔しそうに顔をしかめる。リエーフが山本に声をかけた。

「猛虎さんナイス‼」

だが山本も悔しそうにボールの行方に顔をゆがめた。

（長い……！）

高く上がったボールは、ちょうどネットの真上へ。

ネットを挟んで日向とリエーフがジャンプし、中央に落ちてきたボールを押し合う。しかし軍配はリエーフに上がった。烏野コートに落ちていくボールに澤村が飛びこんでレシ

ーブで繋げる。

「くっ！　あっ！」

リエーフが拾われて悔しがっていた直後、着地した日向がすぐさま走りだした。

ハッとするリエーフと海の前で影山がトスに走りジャンプする。日向はその間に影山を追い越しサイドへ。瞬く間の移動にリエーフたちも追いかけるが間に合わない。その勢いのままジャンプし振りかぶった日向の目は影山へ向けられている。そして阿吽の呼吸のように影山も日向を見ていた。

それを目の当たりにした研磨は刹那、思い出していた。

7月の暑い夏、連日の練習合宿の終盤。ボールを拾いながら話したことを。

「最近思うよ……」

「何を？」

「翔陽は面白いから、翔陽たちと練習じゃない試合やってみたいかもって」

「え⁉」

「負けたら即ゲームオーバーの試合」

研磨の前で影山から素速いトスが向かうのは、振り下ろす直前の日向の手の前。寸分違わずドンピシャに来たトスを打つ。打ち下ろされたスパイクはブロックに間に合わなかったリエーフを抜き去り研磨の前へ。

研磨はレシーブしようとするが、正面で捉えられなかったボールは腕を弾きコート外へ飛んでいった。

とんでもない速攻に観客のどよめきと歓声が起こる。だが烏野応援団は必殺技が決まった喜びに沸いた。

「ははは っ！　スゲー!!」

「しゃあああ!!」

何度も見ていても新鮮に驚いてしまう速攻の威力に滝ノ上が笑い、冴子が叫ぶ。

「ナイスキー日向、いいぞいいぞ日向、押せ押せ日向もう一本!!」

応援団のかけ声も盛りあがる。

先制点は烏野が取った。

仙台の病室でも、先制点に盛りあがる。

「うははははっ！」

よくやったとばかりに笑いながら拍手する一繋の周りで、ゆうとあやが興奮したように言う。

「うお〜!!」

「めっちゃはやーい!!」

一方、少し悔しそうに猫又と直井が烏野コートを見た。その近くで夜久との交代のためウォームアップゾーンに控えていた黒尾もやりやがったなとばかりに強気な笑みを浮かべる。

日向がボールを振り返っていた研磨に叫んだ。

「〝もう一回〟が無い試合だ! 研磨!!」

「…………」

振り返った研磨は面白そうに目を細め微笑む。心から喜んでいるようなそれは、どこか捕食者の凶暴さを思わせた。

「祭りじゃあー!!」

烏野ベンチで菅原が雄叫びをあげた。山口たちも怒濤のラリーの末の先制点に沸きあがっている。

烏野

試合前日の「ホテルまたたび」で、明日に備えて音駒チームは最近の烏野の試合の映像を見ていた。

上がったボールに対し、日向、田中、澤村がいったん後退してほぼ三人同時にネット際へと駆けだしている。リモコンを持っていた研磨が、その場面で一時停止する。

「全国に来てからの最新の翔陽は今までと違って最初に飛び出してくるとは限らないみたい……」

対策を考える研磨が再び再生ボタンを押すと、画面の日向たちがいっせいに振りかぶってジャンプして、澤村がスパイクを打ち決まった。

『よっしゃー!!』

得点に沸き立つ烏野チームの映像に、音駒チームは誰も彼も真剣に見入っていた。

「でも速いのもフツーにあるからね」

「デスヨネー」

研磨の冷静な言葉に山本が硬い笑顔で返す。映像を鋭い視線で見ていた黒尾が少し考えて口を開いた。

「……チビちゃんはマイナステンポの攻撃の存在自体を囮にしつつある……?」

確かめるような黒尾に隣の研磨がコックンと頷く。はてな顔をしている後ろのリエーフの斜め前で夜久が神妙（しんみょう）な様子で言った。

「最後に練習試合やったの10月だっけ？　そっからまた進化してるってことかよ？」

「ハア〜、フザけんな」

思わず愚痴（ぐち）るように天を仰（あお）ぐ山本。

新しい武器を身につけて勝ち進んでいる烏野は、もはや練習試合で戦ったときの烏野とは別物になっているのだろう。

「…………」

声も出ない芝山優生（しばやまゆうき）。重苦しい空気が包む音駒チームにひとり、福永が身を乗り出して言った。

「ヘビを食らったネコ……ヘビーネコリグ」

ヘビーネコリグとはバス釣りのルアーの道具であるが、それは今関係はない。

戸美学園、通称ヘビを食らって音駒は勝ち進んできたのだ。烏野と同じように。

「……そう、進化してるのはこっちもだよね……」

微笑む海の言葉に黒尾も笑う。その笑みの裏にはこれまでの死闘を乗り越えてきた自分たちへの自信があった。

音駒コートに上がったボール。そしていっせいにネット際へと動きだした黒尾、福永、山本、海に烏野チームがハッと気づく。シンクロ攻撃だ。

トスすると同時に動きだした月島に研磨がハッとする。ジャンプし振りかぶる海の前に東峰と月島がブロックへ跳んだ。

バチンと手に当った海のスパイクに月島がボールの行方を目で追いながら叫ぶ。

「ワンチ！」

「ナイスワンチ！」

田中が声をかける。

「うっほほ！」

コート外から見ていた木兎が月島の成長ぶりとやる気を感じて楽しそうに笑った。

「カバー！」

澤村の声に日向がレシーブでボールを上げる。直後、日向はすぐさま踏ん張ってネット際へと走りだす。だがそれは日向だけではなく影山を抜かした全員。

（シンクロ攻撃……）

（オール!!）

音駒応援団のあかねが初めて見る攻撃に驚愕（きょうがく）する。

（攻撃……五枚!?）

影山のトスにネット際で飛び立つ烏たち。だが猫のように注意深くそれを見ていた黒尾が野生の勘（かん）ともいえるような俊敏さで移動する。

澤村がスパイクを打つ。しかし影山と月島がハッとするその視線の先でブロックに跳んだ黒尾の手に弾かれ点を決められた。

鮮やかなブロックに音駒応援団が盛りあがる。

「いーぞー、いーぞーク・ロ・オ!!　いーぞいーぞーク・ロ・オ!!　押せ押せクロオ、もう一本!」

「へっへー!」

唖然（あぜん）としている澤村の前で黒尾がガッツポーズをして喜びを見せつける。

「コノヤロー……」

澤村は悔しそうに黒尾を睨（にら）む。チームをまとめるキャプテン同士、お互いに張る子どものような意地があった。

「…………」

影山も読まれてしまったことに悔しさをにじませ黒尾を見ていた。

サイド側の観客席で見ていた小鹿野たちも、スタートからの攻守の応酬に感心していた。

千鹿谷が言う。

「音駒もシンクロ攻撃でしたよね？」

守りを優先する珍しい音駒のシンクロ攻撃に、すぐさまシンクロ攻撃で返した烏野。

「ネコとカラス、雑食はお互い様かよ」

勝利に対する貪欲さに小鹿野がどこか羨ましさを滲ませながらあきれると、強羅が冷静に突っこんだ。

「本物のネコは肉食だ」

「……そっすか」

ローテーションで西谷と交代でベンチに戻ってきた日向に菅原が声をかける。

「音駒相手に〝五枚攻撃〟は初だよな？　黒尾しっかりついてきやがった……」

日向はコートを厳しい目で振り返り言った。

「なんつっても黒尾さんはネチネチブロック月島の師匠ですから……」

日向が視線を送るコートの中で、黒尾が月島に近づく。

「吹っ飛ばされんのはまだ手が上なんじゃない？　手は前っつったでしょ？　ノブカツくん」

示すように手を出してワキワキと動かして見せる黒尾に、月島は冷静に返す。

「……アドバイスなんて、相変わらず余裕ですね」

だが、黒尾はにっこりと笑って言った。

「いや、あおってるだけ」

イヤミやあおりは穏やかであればあるほど相手の心を逆上させる。月島も例に漏れず静かにイラッとした。

長期合宿のときにふたりのやりとりをさんざん見てきた木兎と赤葦が、会話が聞こえずともなんとなく察知した。

「負けんなツッキー!!　やり返すんだー!!」

（黒尾さん、また月島をイラつかすこと言ってんだろうなあ）

スコアボードの得点は音駒7点、烏野7点の同点だ。

音駒からの攻撃でリエーフがサーブ位置に立ち、審判の笛のあとフローターサーブを打つ。その瞬間、その手の当たり具合にリエーフの顔がしまったと言わんばかりにゆがんだ。

思いのほか飛ばなかったボールはネットに当たり、かろうじて越え烏野コートへ。

「前、前!!」

澤村の声に日向が「ホアッ!」となんとかレシーブして上げるが、腕の上ほうで受けたためあまり勢いはない。だが影山は動じることもなくボールの落下地点に素速く入る。

「レフト!」

アピールする澤村にトスが上がると同時に黒尾と海が左側へと向かう。スパイクに跳んだ向かいに黒尾と海のブロックが迫り、澤村の顔がゆがむ。隙がないプレッシャーに澤村はなんとか上のほうへと山なりのスパイクを打った。

落ちてくるボールにリエーフが驚きながら、なんとかレシーブする。

「うごっ! ゲッ!」

だが反応が遅れ、上げたボールはそのままネットに向かった。

「チッ! ショボレシーブ」

控えスペースの夜久が苛立ちを隠さず舌打ちした。

「ネット越える……」

落ちてくるボールを見ながら思わず呟く日向に田中が声をかける。

「押しこめ日向!」

日向がジャンプする。だが。

「あっ!」

日向より先にボールに触れたのは黒尾だった。烏野コートにボールを落とす。しかし影山が後ろに下がりながらなんとかオーバーで上げた。

拾われムッとする黒尾の前で、やってきた西谷がアタックラインからジャンプしてトスを上げる。

「ハイ!」

それを後方から東峰がバックアタックするが、黒尾たちがブロックに跳んでいた。

バコンッ!!

海の手に弾かれた強烈なボールは主審近くのアンテナに当たりコート外へ。

主審が烏野の得点であることを笛とともに知らせる。

「オアーイ!!」

コンビネーションでの得点に東峰と西谷が思いきり胸をぶつけ合って、互いのナイスプレーを讃え合った。烏野応援団も盛りあがる。

「ナイスキー旭！　いいぞいいぞ旭、押せ押せ旭、もう一本！」

「すっごい音！」

会場中に響いたボールが弾かれた音に、音駒応援団の灰羽（はいば）アリサが驚く横で、あかねがもし味方のプレーだったら歓喜（かんき）するようなぐうの音（ね）もでないプレーに、「ぐう〜！」と顔をしかめる。

コートにはリエーフと交代で入ってきた夜久が西谷に「夕！」と指さし話しかけた。

「会うたびうまくなるじゃねーか！」

「衛輔くんアザース!!」

同じリベロとして尊敬している夜久から褒（ほ）められ、西谷は振り向き嬉しそうに応える。

サイド側で観戦している小鹿野が苦笑（にがわら）いして言った。

「この前までボールと一緒に着地してたくせになあ」

西谷が長期合宿中に練習していたのがアタックラインからジャンプして上げるトスだった。

フロントゾーンでリベロがオーバーハンドで上げたトスから攻撃すると反則になってしまう。だからバックゾーンギリギリからフロントゾーンへジャンプし、空中でトスするという武器を備えてきたのだ。リベロは守備に特化しているが、攻撃に加わらないということではない。レベルが上がっていくほど守備以外での活躍も広がる。

「当たり前ですけど初めて練習試合した時とは全く別のチームですね……」

目を見張る成長に音駒ベンチの直井が驚いたように言う。猫又は腕を組みながら笑った。

「おっかねえなあ。雑食も雑食。よりでっかい相手を喰らって育ってきた」

初めて練習試合をしたときから一年も経っていないのに、あの頃の雛はいない。

自由に力強く空を飛べるようになった烏たちは、いつでも相手の隙を狙っている。

「さあー、どう倒す？」

黒尾がそんな烏野チームを見ながら呟くその後ろで、音駒の頭脳である研磨が静かに、じっと烏たちを観察していた。


スコアボードの得点は音駒8点、烏野9点。

「行っけー!!」

そのそばで烏野1年マネージャーの谷地仁花が叫ぶ。ベンチにはマネージャーはひとりまでしか入れないので少し離れての応援だ。

東峰のスパイクを研磨がレシーブして上げる。ボールは高く上がり烏野コートへ。

「返ってくる返ってくる！」

澤村の声に谷地も声を張りあげる。

「チャンスボール！」

ダイレクトで返ってきたボールを日向がスパイクする。

「やっ……!?」

谷地が決まると思ったスパイクに夜久が飛びこんでレシーブした。田中が叫ぶ。

「また返ってくる！」

試合開始から、谷地の心臓はずっと忙（いそが）しい。

決まると思ったボールが上げられ、すぐさま攻撃されては守り、それからまた攻撃。見ている自分より実際動いている選手たちの心臓のほうが酷使（こくし）されているとわかってはいても、それでも心臓に悪い試合だ。1点取っては喜びで大興奮し、1点取られては冷水を急に浴びせられたように身体がヒュッとして不安に襲われる。天国と地獄を交互に見せられているようだ。

再びダイレクトで返ってきたボールを東峰がスパイクする。だがそれを山本がオーバーでレシーブしてまたボールが上がる。

「えぇ～!?」

それからもまだ続く応酬に谷地が驚く。コートで山本が叫んだ。

「ケンマケンマ！」

「ふぐっ！」

研磨がなんとかボールを上げる。音駒応援団もラリーにどよめいた。

「すごーい……」

呆気にとられるように驚くアリサの横で興奮しているあかねがスピーカーで叫んだ。

「つないでつないでー!!」

「オッケ!!」

夜久がそう言いながら繋ぐその前で黒尾が烏野の攻撃に身構える。他のメンバーも同じくボールの行方を見据えながら身構えた。黒尾が思う。

（こいつらが前と同じだったことなんかない。いつもどおり。探って慣れて見極めろ）

全員が戦いの中でアンテナを張っている。音駒のそれは静かで執拗で恐ろしいほど深い。

相手を観察することは攻撃の一歩目だ。そんな選手たちを猫又は微笑ましく見守る。

「レフトレフト！」

警戒する山本。レフトからの東峰の強烈なスパイクは、ブロックに跳んでいた海の腕に当たり右奥へ飛ぶ。研磨が追おうとしたがアウトだと察知し諦めた。

「いいぞいいぞ旭、押せ押せ旭、もう一本！」

「よっしゃー!!」

喜ぶ応援団と烏野メンバーの中で東峰がぐったりしながら思わず呟く。

「今日は何本跳ぶんだろ?」

さっきから続けてスパイクを打って息もきれぎれだ。そんななか、西谷と交代で月島がコートに入っていく。熱くなっている菅原が月島に向かって叫んだ。

「いけっ月島!! 黒尾に負けんな!! あいつだけには負けんな! 聞いてるか月島ぁ〜!!」

それを黒尾がおやおやというような顔で見ていた。

「スガちゃんが今日もホット」

「あの人見かけによらずテンション高いっスよね」

山本も同意する。月島が菅原を振り返って口を開いた。

「ムリですよ」

「………」

迷惑顔の月島の返答に菅原は熱くなりすぎていたことに気づき、スッと黙る。

ピッと鳴った笛の音に、サーブ位置を見た研磨が顔をしかめた。

『……もう来た……』

月島がネット前に来て黒尾に向かってにこやかに言った。

「僕、格上の誰かに勝とうと思ったことなんかないです。黒尾さんに勝とうなんてまさか！　そんな！」

月島の後方で日向とサーブを交代して出てきたのは山口忠。それを背中で感じながら月島が黒尾を見据えた。

「僕ひとりで勝とうなんて1ミリも思ってません」

「……彼は、ひとりでも勝つ気じゃないかい？」

山口は緊張など微塵も見せず、ただ一心に集中している。その気迫に黒尾が警戒を悟られないようにニヤッと笑って言う。月島がうつむいて小さく笑った。

「……そうですね。アイツは僕の先を行く男なんで……」

その笑みには、自分を変えるほどの努力をしてひとつの強固な必殺技を習得した幼なじみへの信頼があった。

山口がボールをバウンドさせる。

ピンチサーバーは点を稼ぐことを目的として投入されることが多い。貴重な一打に自分のすべてをかけることはよけいなプレッシャーを生むが、山口はもうそれを乗り越えてきた。

サーブ許可の笛が鳴る。

音 駒
校バレー
8
ALL JAPAN HIGH

「山口ナイサー！」

田中が声をかける。向かいの音駒コートでは軌道が読みにくいジャンプフローターサーブを気合いをこめて待ち構えている。

（来い来い来い来い）

リベロとして燃えている夜久。山本も声を張りあげた。

「サッ来いヤア」

山口がボールを高く放り、走りだす。エンドラインすぐ手前でジャンプし、ボールを打った。

無回転で飛んでいくボールは後方の海と山本の間へ。

「オーライッ」

山本がそう言いながらレシーブしようとするが、ボールは腕に当る直前でわずかに伸びた。腕の端で弾かれたボールは勢いよく後ろへ飛んだ。

「アッ……！」

音駒応援団側のあかねが思わず声にならない声を出す。ボールが落ちる瞬間はいつだって心臓が縮こまる。

「んいよっしゃー‼」

「っしゃあああ!!」

得点し喜びを爆発させる山口と烏野一同。応援団も盛りあがる。

「ナーイスサー山口、いいぞいいぞ山口、押せ押せ山口もう一本!!」

悔しそうにギュッと顔をしかめているあかねの横でアリサが驚く。

「ぐにゃってなったね⁉」

「ジジジ、ナイスサーブ……」

悔しいが敵ながら認めざるをえないナイスプレーにあかねは小さな称賛(しょうさん)を贈る。

コートでは黒尾が振り返りながら驚いていた。

「なにぃ……!」

「ハハハ」

月島はそんな黒尾に気を良くしたように山口を振り返って楽しそうに笑った。

「あっぐぅぅ……!」

「手元で伸びたなー今」

レシーブしきれなかった山本が悔しそうに拳を握る近くで、夜久が感心したように言った。「ドンマイ」と海が山本に声をかける。

「忠……大きくなって……!」

烏野応援団側では弟の友達である山口を幼い頃から知っている明光がジーンと感激している。その近くにいる山口のジャンプフローターサーブの師匠でもある嶋田が自慢げに胸を張る。

「まぁな！」

「息子か」

嶋田の鼻高々な様子に滝ノ上があきれたように突っこんだ。

「もういっぽ～～ん‼」

控えエリアの菅原たちが声をかける。サーブ許可の笛を聞いた山口がジャンプフローターサーブを打った。

やってくるボールをみつめながら夜久は確信していた。

(音駒にもう一本はねぇぞ！)

ボールは再び山本と海の間へ。山本もレシーブしようとしていたが、ボールの軌道が変わる前に海が飛びこんでオーバーで上げた。

きっちり上げられたボールに、音駒の守備を崩せなかったと山口が悔しそうに「クッ……！」と顔をゆがめる。だが、海と山本は体勢を戻しきれていない。

「ナイスレシーブ！」

夜久が海に声をかける。その向かいの烏野コートはやってくる攻撃に身構えた。その中でも月島は自分の目の前にいる研磨の動きを瞬きもせず見ていた。

研磨が上げたトスに黒尾が突っこんでくる。だがそのレフト側に待ち構えている福永が冷静な月島の目に入る。

（十分）

研磨のトスが上がると同時に月島は迷いなく福永の前のレフト側へと移動する。

「！」

読まれたことに気づき研磨はイヤそうに顔をゆがめた。

スパイクに来る福永に、月島が澤村とともにブロックに跳ぶ。その瞬間、月島の脳裏にさっきの黒尾の言葉が蘇った。

『手は前っつったでしょ？　ノブカツくん』

長期合宿で黒尾と木兎から受けたブロック練習。弱々しいと言われた自分のブロック。月島は力強く手を前に出す。福永のスパイクが月島の手に当り、音駒コートに落ちた。

「よっしゃあぁ!!」

鳥肌を立たせるほどの鮮やかなブロックに控えエリアにいる日向たちが沸き立つ。

ボールを振り返りながら黒尾と研磨がやられたとばかりに苦い顔をした。

コート外では木兎が顔を上げて拳を突き出しながら叫ぶ。

「ワハハハハ!! 見たかウチのツッキーを!!」

「月島はウチのじゃないです木兎さん」

驚きつつも冷静に突っこむ赤葦。その前で月島が山口の元へ向かう。

脳裏に浮かぶのは、出会いから一緒にバレーを始めて、本気でぶつかり合った今までの日々。後をついてくる山口に追い越され、追いかけ、そして一緒に戦えるようになったその証の1点。

サーブで崩して相手の攻撃手段が絞られたところでブロックで仕留める。サーブ&ブロック。サービスエースの次に理想的な攻撃の形だ。

月島と山口がバシッと力強くハイタッチをする。

「ナイスブロック!!」

「ナイスサーブ」

互いのプレーを讃える山口と月島を烏野メンバーが沸き立ちながら喜んで見守る。

研磨はそんな月島たちに警戒を強めた。厄介な必殺技がまた烏野に生まれてしまった一因かもしれない黒尾に夜久が蹴りを入れる。

「おめーのせいだぞ!!」

「イタッ！　なに言ってんだツッキーの実力でしょうが！」

蹴られた尻を押さえながら反論する黒尾。その近くでブロックされてしまった福永がボソッと呟いた。

「……想定以上の高さ……想定漢（そうていガイ）……！」

よくわからないダジャレに近くにいた副審が困惑（こんわく）の表情を浮かべる。

「ツッキー、最近のバレーはどうだい？」

ネット前に戻ってきた月島に黒尾が声をかける。笑顔で自分の答えを待っている黒尾に、月島は少し考えて言った。

「……おかげさまで……ごく、たまに面白いです」

その顔には素直な笑みが浮かんでいる。静かでまっすぐなその目は強く、自分の中に深く根を張る自信をうかがわせる。黒尾が「ハハッ！」と声をあげて笑った。

「ツッキーからそんな言葉が聞けるとはね！　研磨！　見習ったらどうだ⁉」

「…………」

突然振られた研磨は迷惑そうに無視をした。

ピーッ！　山口の三回目のサーブだ。

「山口もう一本ー！」

菅原たちの声を受けながら山口がジャンプフローターサーブを打つ。

「ハアッ！」

夜久が少し前に出つつオーバーで捉えるようにレシーブした。

「クッ……」

山口が攻撃に身構えながらも悔しそうに顔をゆがめる。黒尾が声をかけた。

「ナイスレシーブ！」

「ライトライト！」

澤村が研磨のトスに声を上げるが、間に合わず海のスパイクが影山と田中の間に決まり、音駒チームが得点に沸く。

「よっしゃあああ!!」

「ナーイスキーかーい、いいぞいいぞかーい、押せ押せかーい、もう一本!!」

スコアボードの得点は音駒9対、烏野12。

「くそ……」

交代のためボードを持つ日向の元へやってきた山口が、悔しそうにコートを振り返る。

日向はそんな山口の様子に気づき不思議そうな顔をした。

「今のは喜んでいいだろ。あ、でももっと点取りたかった気持ちもわかるな」

山口の投入によって2点も取れたことをさらりと褒めたあと、すぐに山口の悔しい気持ちに気づき自分ごとのように悩んだ日向は、山口にボードを渡すとすぐにやる気に満ちあふれながら「うおおお、やったらぁあああ!!」とコートへ向かっていく。

山口はそんな日向を頼もしそうに見送った。

「山本ナイサー!」

ピッとサーブ許可の笛が鳴り、夜久からのかけ声を受けながら山本がジャンプサーブを打つ。強烈なサーブは田中の元へ。

「! すまん!」

なんとかレシーブしたボールはそのまま音駒コートへ飛んでいく。

「チャンス!」

夜久が声をかける前で黒尾がボールをそのまま烏野コートに落とそうとジャンプする。

だがそれに追いつく手があった。

「クッ!」

影山が精一杯腕を伸ばし、片腕でなんとかボールをトスする。ジャンプしていた日向がそれをスパイクした。ピンチからの素速い攻撃だったが音駒には夜久がいる。

(長え!)

レシーブしたが、きちんと戻せなかったボールに夜久は顔をしかめる。その向かいで決まるかと思ったボールを拾われ日向と影山は驚きを隠せない。

「旭！」

声をあげる澤村の前で、ネットの上にやってきたボールに東峰と海がジャンプする。力で東峰が勝ち、ボールは音駒コートに落ちた。

「しゃあああ!!」

素速い応酬を制して、繋心が思わず立ちあがりガッツポーズをする。武田が思わず拍手をし、マネージャーの清水潔子がホッと息を吐いた。

いつもなら決まる場面でもなかなか決まらないのは音駒の守りが堅く粘り強いからだ。

「ナーイスキー旭、いいぞいいぞ旭、押せ押せ旭、もう一本!!」

「触ってればチャンス来るよ～」

盛りあがる烏野の応援を聞きながら、猫又が手を叩きながら選手を励ます。

そんななか影山が田中にきっぱりと言った。

「ネットを越えるならAパスいらねえスよ！」

「ハァイ!!」

反省していた田中は思わず素直に返事をする。そこに西谷が加わった。

「ネットを越えるのはAパスだけじゃねえけどな‼」

その西谷の言葉に影山が小さくハッとする。

「そっすね」

「わかったってば‼」

反省しきりの田中がもうやめてとばかりに声をあげる。

向かいのコートからそれを見ていた海が微笑ましそうに「ふふ」と笑う。

「影山強（つえ）ーな！」

夜久も面白そうに笑うその前で影山がさらりと言った。

「ネット際じゃなくても、アタックライン近辺に上げてもらえれば十分です」

あまりに頼もしすぎる言葉に、影山以外のメンバーが衝撃とともに感銘（かんめい）を受ける。

（カッケエなこのヤロ……‼）

あまりにバレー男前すぎる発言に、山本が自軍のセッターに言った。

「聞いたか研磨。かっけーこと言いよるわ」

「聞いた。よそはよそ。うちはうちです」

「おかんか」

ローテーションの移動位置に着きながら、にべもなく応える研磨に黒尾が突っこんだ。

研磨が言う。

「なんでも張り合えばいいってもんじゃないの」

「日向ナイサー！」

ピッ！　サーブ許可の笛が鳴る。田中のかけ声を聞きながら日向がサーブを打った。

「福永！」

夜久のかけ声とともに前に出た福永がレシーブしてボールを上げた。黒尾が叫ぶ。

「センター！」

研磨から上がったトスにジャンプする黒尾。その前に澤村と月島がブロックへと跳んだ。

打ち下ろされたボールはブロックを避け烏野コートへ。落下地点よりわずかに前だった田中がとっさにスパイクを肩に当て「フグッ！」と衝撃に思わず声が出る。

「オーライ！」

「頼む！」

ボールはライト側へ。田中に託された影山がネット前に走ってきて、そのままジャンプしてトスの体勢になる。澤村と日向がそれに合わせてジャンプするが、影山のトスはレフト側の東峰にバックトスで上げられた。

（逆サイド!!）

ライト側でブロックに身構えていた黒尾が逆をつかれ眉をしかめる。急いで東峰のブロックに黒尾と海が跳ぶが間に合わない。力強く打たれたスパイクを夜久がレシーブしようとするが腕で弾かれたボールは大きく横へ飛んだ。

「ナイスキー……えっ⁉」

決まったと喜んだ烏野応援団の冴子がボールの行方にハッとする。確実にサイドラインを越えたボールに福永が飛びこんだ。そしてかろうじて上がったボールに黒尾が滑りこむようにして足で蹴って戻す。

「うそっ⁉」

驚く冴子。同じく驚いている烏野メンバーたちの前でボールはネットに当たるが、越えずに音駒コートに落ちた。

「ヨッシャアブナー‼」

ドッと冷や汗をかきながら冴子が叫ぶ。烏野チームも続いたリレーの末の得点に「しゃあああ！」と声をあげる。音駒応援団では息を飲んで見守っていた女子生徒たちが悔しそうに声をあげた。

喜んだあと、少しだけ落ち着いた烏野メンバーが音駒を見る。

「『決まったー！』って思ったら、『まだでしたー！』ってやつ。音駒相手だとよくあるから気をつけよう……」

まだドキドキしている心臓をなだめるように言う澤村。同じように音駒を見ている他メンバーも同じ心臓が冷えるようなドキドキを感じていた。

そんなメンバーたちを見下ろしながら、烏野応援団の嶋田と滝ノ上が言う。

「影山、身体はライト方向へ流れてんのに、レフトドンピシャリのトス……」

「ああ、それをちゃんと上げてくれるってわかってる攻撃陣もまた……」

影山ならどこでもトスが上がると烏野の攻撃陣は知っている。だからこそ攻撃意識が高く、攻撃力に繋がるのだ。

「すげえなあ」

黒尾が感嘆したように呟く。

猫又がそんな黒尾たちの表情を見て微笑む。選手たちの顔に浮かんでいるのは、畏怖よ(いふ)り興味と尊敬。強い相手と戦えることへの高揚と尊重だ。

「いいねえ」

この全国の舞台にもかかわらず、まるで互いのことしか見えていないように試合に没頭している。好敵手と戦うことで、プレーヤーとしてどんどんと成長している選手たち。それは監督として喜ばしいことだ。

けれど猫又はその中でひとり、ブツブツと周囲にも聞き取れないくらいの小さい呟きをこぼしながら烏野を見ている研磨を見据える。

（でも、奴だけは少し違う）

「サッコーイ！」

烏野サーブに構える山本たち。研磨はいつものようにだらりと手をたらしながら、コートの向こうの日向を見ている。

冷静に思考しているだろう研磨を見ながら猫又は思う。

（集大成の勝負、因縁の対決、負ければ3年生は引退。そういうことには、やはりさほど興味はなく、ただただ烏の羽をもいでみたくてしかたがないのだ……）

罠

【音駒(ねこま)高校】

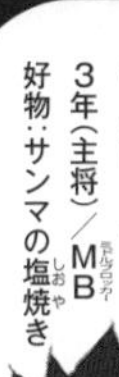

黒尾哲朗(くろおてつろう)
3年(主将)／MB(ミドルブロッカー)
好物：サンマの塩焼(しおや)き

夜久衛輔(やくもりすけ)
3年／Li(リベロ)
好物：野菜炒め

海 信行(かい のぶゆき)
3年(副主将)／WS(ウイングスパイカー)
好物：海ぶどう

山本猛虎(やまもとたけとら)
2年／WS(ウイングスパイカー)
好物：ヤキソバパン

福永招平(ふくながしょうへい)
2年／WS(ウイングスパイカー)
好物：あたりめ

スパイ

「旭さん！」

　上がったトスを見て西谷が声をかける。それに応えるように東峰が打った強烈なスパイクはブロックの黒尾の手を弾きコート外へ。烏野の得点だ。

「よっしゃー!!」

　喜ぶ烏野チームを見ながら、観客席から観ていた小鹿野たちが感嘆する。

「どんだけ攻撃力あんだよ烏野は」

　少し離れた観客席の大将が少しだけ面白くなさそうに呟く。

「いや、でもいい感じじゃん……」

「？　どっち？　……音駒のほう？」

　美華がきょとんとする。

「うん」

「勝ってないのに？」

　スコアボードの得点は音駒17対、烏野20。

「音駒は序盤リードされるのが珍しくなくて、でもその間に相手の攻撃のインプットを優先してるんだよ。それで後半じわじわ追い上げていくのが、音駒スタイル」

つまり今はまだ獲物の特性を見極めている最中ということだ。そのスタイルに苦しめられた大将の言葉には実感が伴っている。

「でも、今回はあの大火力集団、烏野相手に序盤からここまでずっとついていってる。音駒としては、かなり優秀な試合運びだと思うよ……」

音駒のサーブは黒尾だ。打たれたジャンプサーブは強烈な威力で烏野コートに向かう。

だがそれを澤村がレシーブで上げた。西谷が叫ぶ。

「大地さん！」

「長い！」

ウォームアップゾーンからボールの行方を見ていた菅原が声をあげる。その隣から日向も叫んだ。

「押しこめ影山ア!!」

「抑えろリエーフ！」

音駒のウォームアップゾーンから夜久が腕組みしながら声をかける。

両チームの期待を背負った影山とリエーフが、ネット上空に落ちてくるボール目がけて

ジャンプする。それを黒尾が苦い表情で見守る。

（いけリエーフ！　技術ではまず勝てねえけど、まず勝てねえけど、デカさと勢いでゴリ押せ!!）

同時にボールに触れた影山とリエーフが一瞬押し合う。だが影山がうまくボールをいなして音駒コートへ落とす。驚くリエーフ。

「あっ!?」

（うん）

影山のほうが上手だと黒尾はすぐさま納得した。

「フンッ！　研磨！」

山本が飛びこんでボールを上げる。それに研磨は素速く反応しボール下へと走る。

「！」

驚く影山。驚いたのは影山だけでなく、日向、猫又、犬岡走、夜久、赤葦、木兎などふだんの研磨を知っている者たちが全員驚いた。

『おお……!!　素速く動いた!!』

それほどふだんの研磨は動かなくていいときは徹底して動かない。そんな研磨が走りこんでジャンプし、上げたトスを高く跳んだリエーフがスパイクする。影山と月島のブロッ

OOL VOLLEYBALL CHA

クの上から打たれたボールは烏野コートを勢いよく叩いた。

「よっしゃあああー!!」

鮮やかにスパイクを決めたリエーフが叫ぶ。喜ぶ音駒応援団のなかでも弟の活躍にアリサが手放しで喜ぶ。

「レーヴォチカー!!」

「打点……♡」

そんなアリサの横であかねは高い打点にうっとりしていた。

「ちょっと低かったです!!」

リエーフは喜びながら元気よく研磨にクレームを入れる。「ハーイ」と返事をする研磨に影山がネット越しに話しかけた。

「孤爪さんて動くんですね」

純粋に驚いている影山の感想に研磨は視線をそらしながら応える。

「……まぁ、一応生きてるからね……」

そんな研磨に山本が近づきバンバン背中を叩いた。

「影山にも負けてねぇぞ研磨ァ!!」

根性論が大好きな熱い漢・山本はふだん省エネで動いている研磨の素速い動きが見られ

て嬉しかった。しかしそんな山本を研磨が心底イヤそうに睨む。

「なに言ってんの？」

「えっそんなにも？」

研磨の反応に思わず山本が退く。研磨は頷いてからややうつむいて言った。

「あんなにガンバッてる奴と一緒にしたら失礼。でもすごく凄いものを見ると、自分の中のできそうのラインが少し更新されるよね」

「⁇」

研磨の言っている意味がわからない山本の近くでそれを聞いた黒尾が、研磨のちょっと楽しそうな顔に気づいてニッと笑った。

触発されて自分の能力が上がる。それは相手あってのことでも、自分の中に下地ができていてこそだ。

「…………」

ウォームアップゾーンから音駒の攻撃を見ていた日向は、その進化に目を見張っていた。

菅原も同じように驚きながら言う。

「そりゃあそうだよな。こいつらも前と同じなワケねぇんだよな」

もちろん油断していたわけではなかったが日向は改めて気合いが入るのを感じた。

〝もう一回〟が無い試合に全力以上の力で挑むために。


スコアボードの得点は音駒21対、烏野22。

着実に猫は烏の首を狙って距離をつめていく。

「ナイサー！」

ピッ。サーブ許可の笛が鳴り、山本のかけ声をうけて研磨がサーブを打つ。山なりの軌道を描きながらボールが向かう先は日向のほうだ。

「オーライ！」

ハッとしながら日向は少し前に出てレシーブする。勢いを殺し、キレイに影山の元へ返した。自分としては上出来のレシーブに「ナイスレシーブ！」と声がかかるのを期待してドヤ顔で影山を見た。

「ナイスレシーブ！」

だが声をかけたのは東峰で、影山はボールを見上げながら思った。

（取れて当然のボールだボゲ）

コート外から見ていた谷地がワクワクしながら見ている。

（日向はもうレシーブの穴じゃない……！）

以前の日向はそれほどレシーブがうまかったわけではなかった。けれど影山が全日本ユース代表候補として強化合宿に選ばれたのに負けまいと、宮城県内の有望な1年生だけを集めた合宿に呼ばれていないのに単身乗りこみ、ボール拾いをしながら練習を眺め、たくさんのことを吸収してきた。レシーブはその中のひとつだ。

「レフトォ！」

叫んだ田中にトスが上がる。海とリエーフと山本がブロックに跳ぶが田中のスパイクが決まった。

「よっしゃー‼」

喜ぶ烏野チームの中で田中が内心ドキドキしていた。

（ブロック三枚きてた……）

「おめー、レシーブだけして満足してんじゃねーぞ！」

影山がサーブのために移動しながらも振り向いて日向に怒る。

「‼　わっ、わかってっし！」

図星の日向がギクッとしながら応える。そんな様子を研磨が向かいのコートからじっと見ていた。

「センター！」

リエーフがトスを呼んで打ったスパイクへ日向と田中がブロックに跳ぶ。だがボールは烏野コートへ落ちた。

「よっしゃー‼」

得点に喜ぶ音駒。烏野も点を取り返してやろうと田中がスパイクを打つが、黒尾のブロックに阻まれて続けて音駒に点が入る。

しかしリエーフのサーブがネットに引っかかり、烏野の得点になった。

点を取って取られて、スコアボードは音駒25対、烏野25。デュースに入り、ここから先は2点差を先につけたほうがこのセットを取る。
見えてきた第1セットの終わりに、両チームの選手たちの息はすでにきれぎれだ。
「センター！」
月島に上がったトスに黒尾がブロックへ跳び、手に当ったボールに「ワンチ‼」と声をあげながら振り返る。コート外へ弾かれたボールに海が飛びこんだ。なんとか上がったボールを研磨がアンダーで繋ぐ。

「フクナガ！」

研磨からボールを託された福永が一瞬、烏野コートを確認しスパイクを打つ。乱れた守備からのスパイクは強打できない。せめてとセッターのところへと、福永のスパイクは影山の方にやってくる。

「カゲヤマ！」

西谷のかけ声。影山は咄嗟にオーバーでレシーブする。

「スミマセン、フォロー！」

セッターである影山がレシーブしてしまったあとを繋ぐのは西谷だ。東峰が声をあげる。

「レフト！」

「レフトレフト！」

それに合わせて黒尾たちがブロックへと走る。

観客席の小鹿野たちは息もつかせぬ応酬に思わず顔をしかめた。

「おいおい……まだ第1セットだぞ……」

「しんどいな……」

強羅も同意する。自分がコートにいたらと思うと見ているだけで疲れてくるような運動量だ。「旭さん！」と西谷が上げたトスに大きく振りかぶった東峰が渾身の力で打ち下ろ

す。しかしそれに夜久がレシーブに入る。

「……!!」

強烈なスパイクに夜久の腕が大きく弾かれる。

「ひいい！　もげる……！」

コート外から見ていた谷地がその威力に震えあがった。

高く上がったボールに夜久が叫ぶ。

「頼むケンマ！」

ネットを越えそうなボールを研磨が待ち構える。その前にいた東峰とやってきた月島。三人が同時にボールへ向かってジャンプした。

ジャンプしながら研磨は自分よりはるかに高い位置に伸びている月島たちの手を見た。

「！」

影山がハッとする。

研磨の手がボールに触れる直前、スッと手を引きトスするような体勢になった。直後、月島がボールを音駒コートに押しこんだ。

「うおっ！」

山本が飛びこむが間に合わずボールが落ちる。

「よっしゃ〜〜〜!!」

烏野の得点だと応援団の冴子が喜びの声をあげる。しかしそれに嶋田が「いや」と待ったをかけた。冴子がきょとんとする。

音駒の得点だと判断して手を上げている審判にコートの東峰たちも同様に驚いていた。

主審がルール違反のゼスチャーをする。

「オーバーネット!?」

オーバーネットとは相手コート内にあるボールに触れる反則だ。

「ドンマイ!」

「スマン」

澤村が声をかけ東峰が謝る近くで、影山は研磨の後ろ姿をじっと見ながら思う。

(ツーで押しこむと見せかけ、ブロックの反則を狙った……)

月島は研磨の誘いにまんまとひっかかってしまったのだ。あともう少しでこのセットが取れると、押せ押せの烏野が勝ちを意識したのをわかって仕掛けていた。

(これ、得意かも)

次の攻撃に構えながら、研磨は新しい隠し技を発見したような気分だった。

「……あと、1点!!」

音駒応援団のあかねが喜び意気ごむ。

スコアボードの得点は音駒26対、烏野25。

ピッとサーブ許可の笛がなり、海がフローターサーブを打つ。東峰がレシーブで上げた。

「ナイスレシーブ!!」

「いけ!!」

ウォームアップゾーンから山口と日向が叫ぶ前で、西谷と影山を除いた烏野攻撃陣がいっせいにネット前へと走りだす。

「またこれ……!」

さんざん苦しめられたシンクロ攻撃だとあかねが顔をしかめる。

影山のトスに月島たちがジャンプする。だがトスが上がったのは東峰。大きく振りかぶって強烈なスパイクで黒尾と研磨のブロックを抜き、ボールは音駒コートへ。山本がレシーブするが、あまりの威力に後ろに倒れこんでしまう。なんとか上がったボールを夜久が飛びこんで繋ぎ、黒尾がアンダーで高く高く上げた。

「オラ!!」

ウォームアップゾーンでボールをみんなと見上げながら、あまりに粘り強い音駒の守りに菅原が思わず「ハァー⁉」と苛立(いらだ)ちの声をあげる。山口たちが叫んだ。

「チャンスボール‼」

烏野コートに落ちてくるボールを西谷がオーバーで影山にトスする。田中、東峰、澤村がいっせいに走りだす。赤葦が木兎とコート外で見ながら思った。

（烏野は一貫して多人数攻撃！）

木兎も感心したように言う。

「音駒のブロック振り回すなぁ！」

上がったトスに澤村が福永と黒尾のブロックを避(よ)け横にスパイクするが、山本がなんとかレシーブする。けれどうまく上がらずネットに引っかかってしまう。こぼれ落ちるボールを近くの黒尾があわててアンダーハンドで拾った。

「ラスト！」

黒尾の声にボール落下地点に入る研磨がトスの体勢に入る。

それを見た滝ノ上(たきのうえ)が叫んだ。

「返球で精一杯だ‼」

「チャンスボオオール‼」

ウォームアップゾーンで日向たちも声をあげるそのなかで、研磨は烏野コートを見やる。

冷静な目は一瞬ですべてを把握した。

研磨がポーンと山なりのトスを烏野コートへ放る。山なりに返ってくるボールに烏野全員が動きだす。

(もう一発)

そう思いながら自分の上を通過するボールを見上げ、影山はトスに備えてネット前に走った。

(助走距離)

月島と田中はそう思いながら、助走距離を確保するため後退する。

(確保！)

澤村も同じように思いながら後退しようとした。だが見送るボールにハッとする。

「!!」

振り向く西谷も目を見開いた。

目を疑う光景。

ボールは烏野コートに空いた、隙間のような空間へ神様のいたずらのように落ちた。

誰も動けず、バウンドするボールの音が予期せぬハプニングに静まった会場に響く。

ヒュッとする心臓に谷地は青ざめた顔でブルッと震えあがる。

「…………」

ベンチで固まっている繋心も声が出ず、悪夢のようなお見合いに目をパチパチさせることしかできなかった。

「…………」

日向も声も出せず転々と転がっていくボールをみつめる。

そのなかでただひとり、研磨はふぅと小さく息を吐き、そしてにんまりと笑った。

次の瞬間、会場が歓声に包まれる。アナウンサーが興奮したように口を開いた。

「なんということかー！　烏野ここでまさかのお見合いー!!　烏野、第1セットを奪われるー!!　第1セットは音駒が制しましたー！」

スコアボードの得点は音駒27対、烏野25。

アナウンサー席で解説の羽柴が感心したように言う。

「……やー、ミスはミスなんですけれども……」

「？」

アナウンサーが反応する横で羽柴が続ける。

「今の孤爪君の返球、スパイクの体勢に入ろうとするスパイカーたちの絶妙な隙間を狙っ

てたんですよね。影山くんがトスを上げにネット際へ走る道でもあって、人が交錯する場所であり、なおかつリベロの逆を突いた」

烏野コートで田中と澤村が膝をついた。

「俺だったっス！」

「俺だった！」

互いに大反省する田中と澤村。

「澤村～」

繋心にしっかりしろよと言わんばかりに声をかけられ、澤村は身を硬くし「ハイッス！」と返事をする。

「とりあえず整列して」

武田に声をかけられハッとした澤村と田中が「ハ、ハイ」とあわてて立ちあがりコートの後ろへと向かった。

次のセットのコートチェンジのため両チームの選手が整列すると、審判がコートチェンジのジェスチャーをする。移動のため荷物を持つ清水。移動に走りだす選手たちを見ながら繋心が武田にしてやられたと苦笑する。そうするほかないほど完全なお見合いだった。

羽柴が続ける。

「烏野は他チームと比べて非常に攻撃意識が高いチームですが、今のは全員の意識が攻撃へ強く向いてしまったがゆえのミスですよね。長所が裏目に出た……というか孤爪くんに長所を利用されたと言うべきですかね」

「ハァ〜、そこまで考えているんですね……」

アナウンサーが感心したように言う。

烏野は今まで強豪相手に殴り合いを制してきた。そのプライドさえも音駒にとっては利用するポイントなのだ。

音駒チームは第1セットを取れて、軽い足取りでコートを移動する。

「フフッ」

ふと足を止めて研磨が悔しがっている烏野を見て笑った。気づいた黒尾に研磨は続ける。

「烏の皆、全員翔陽化してきてるよね」

どこか楽しげな研磨を黒尾はじっと見てから独り言のように呟いた。

「……チビちゃんがずっと元気でありますように」

練習合宿のため宮城へ遠征したゴールデンウィーク初日、黒尾はさっそく迷子になった研磨を探して見知らぬ住宅街にやってきていた。

たぶん、はぐれてから時間は経っていないはずと近くを歩いていると、ふと当の本人の声が聞こえてくる。少し離れた公園の塀の根元に腰をおろしている研磨をみつけた。

「……なんでアイツ？　っていうふうに。おれ特別運動得意じゃないし……」

近くにいる見知らぬ少年と話している研磨に黒尾は軽く驚く。初めての土地に知り合いがいるはずもない。人見知りの研磨がおそらく初対面だろう人間と普通に話しているのは、幼なじみの黒尾からしてとてもレアな光景だった。

練習試合をする高校に早く行かなくてはならないので、そう驚いているわけにもいかない。黒尾は研磨に向かって歩きだす。だが、聞こえてきた言葉に足が止まった。

「ふーん……じゃあさ、お前の学校強い？」

少年がストレートに研磨に聞く。

研磨がバレーを始めたのは幼い頃、黒尾が誘ったからだった。

研磨は自他ともに認めるほどゲームが大好きなインドア派だ。さっきも少年に言っていたように運動も特別得意なほうではない。だからこそ今続けているのは本人の興味も湧いたからだと感じながらも、やはりムリヤリ誘ったからしかたなく続けているのではないかという思いも小さく残っていた。

だから、少年の問いに対する研磨の答えが気になった。バレーを、音駒というチームをどう思っているのかを。

「う～んどうだろ……昔強かったらしいけど一回衰えて……でも最近は」

黒尾に気づかず研磨は少し考えて小さく笑ってから少年のほうを見て言った。

「強いと思うよ」

「！」

そのシンプルな答えに黒尾はそんなふうに思っていたのかとハッとする。

研磨は音駒チームの背骨で脳で心臓だ。だから音駒の今の強さは研磨が作ったといっても過言ではない。その音駒を強いと確固たる自信を持って言いきったことに黒尾は素直に驚いた。

「どこの学校……」

「研磨！」

少年の声に割りこむように黒尾が声をかけると、研磨と少年が気づいて振り向く。

「あ、クロだ。じゃあ……」

研磨はゲーム機をバッグにしまうと立ちあがり、黒尾の元へやってくる。

「あ！　けんま！」

「またね、翔陽」

心残りがありそうな少年に研磨は振り返り、低く手を上げて応える。その言葉に少年は同じように手を上げポカンと見送る。

「またね？」

来た道を戻りながら黒尾がおもむろに口を開く。

「……珍しいな」

「え？」

黒尾はなにやらあわてたように走り去って行く少年を振り返りながら言った。

「知り合いじゃないだろ？　お前があんな親しそうにしゃべってるのなんて見たことなかったからさ」

「それは……」

言われた研磨は反論しようとするが、自分でもわからないように眉を寄せた。

「なんでだろ？」

第2セット開始までのわずかな休憩時間。

それぞれ両チームはベンチで休憩、水分補給などしながら作戦会議をしている。

コート外にいる木兎が元気いっぱいに言った。

「烏野しんどいな！」

「ですね……」

赤葦も顔をしかめて同意する。

いつも序盤は相手を探るために音駒は第1セットは取られることが多い。そんな音駒相手に第1セットを落とした烏野は相当に第2セットがきつくなることは目に見えていた。

音駒ベンチで研磨がベンチに座ったまま言う。

「強いサーブでガンガン点を取れるならそれがいいに決まってるけどウチはまだそうじゃない。サーブで獲れる人は点、獲ってね」

「ウイ……」

頷く山本の隣で黒尾が水分補給してから突っこんだ。

「また『おしんこ付けたい人は付けてね』みたいに言う」

気にする様子もなく研磨は続ける。

「クロも言ってたよね。どんなプレーも完全攻略法なんてない。翔陽がいつも10点決めてるところから2、3点でも削れればいいんだ」

そんなことを言われているとは気づいていない日向が、烏野ベンチでなにやら熱心に話を聞いて頷いている。

「今日はやはり研磨が積極的だ……！」

珍しい研磨の様子にベンチから直井が感嘆している横で、猫又も「ん～」と満足げだ。

ピーッ。試合開始の笛が鳴る。

烏野ベンチの繋心と武田は硬い表情でコートに入っていく選手たちを見守る。

「切りかえ切りかえ！　反撃じゃー!!」

そんな空気を吹き飛ばそうと応援席の冴子が火打ち石でも鳴らすように太鼓のバチを叩いて叫んだ。

そんな冴子の声援を受けながら、烏野が音駒からのサーブに対して構える。サーブ位置についたのは福永だ。

「サッコーイ!!」

烏籠

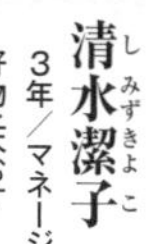

【烏野(からすの)高校】

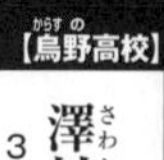

澤村大地(さわむらだいち)
3年(主将)/WS(ウイングスパイカー)
好物:しょうゆラーメン

菅原孝支(すがわらこうし)
3年(副主将)/S(セッター)
好物:激辛麻婆豆腐

東峰 旭(あずまね あさひ)
3年/WS(ウイングスパイカー)
好物:とんこつラーメン

清水潔子(しみずきよこ)
3年/マネージャー
好物:天むす

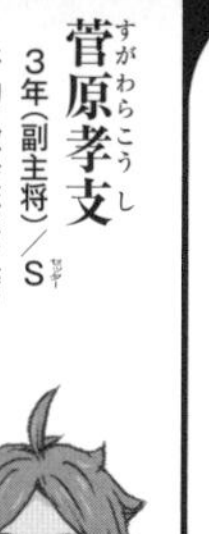

(あとたった1セット落としたら終わりなんて……)

音駒の攻撃から試合は再開した。試合を見守りながらも、コート外から応援していた谷地が深刻な顔で近くにあるスコアボードを見た。

先制点は取ったものの、第1セットはとられているのでこの第2セットを取られたら烏野のストレート負けになってしまう。

後がない試合がこんなにも心もとないのを谷地は初めて感じていた。

烏野の試合運びはまず相手が慣れるまえに点を稼いでいく。つまり第1セットを取ることが多かった。不安を募らせる谷地に声がかけられる。

「負けたら」

谷地がハッとする。近くに来ていたのは木兎と赤葦だった。木兎が続ける。

「そんなこと考えて水差しちゃダメだよ。水を差すの使い方あってる?」

「あってます」

確かめるために振り向いた木兎に赤葦が頷く。木兎は谷地をまっすぐに見据えた。

「後のことじゃなく今、見て。俺たちがどのくらい強くなったか見て」

嘘がない目と言葉はまっすぐで隙がない。

谷地はその目に似た目を知っている。バレーボールにまっすぐに向き合っている人たちの目だ。

谷地がその言葉を自分のなかに落としこんでいくその間も試合は続いている。

レシーブ。トス。スパイク。ひとつのボールを自分のコートに落とさないために、そして相手コートに落とすための練習にどれだけの汗をかいたのだろう。

選手たちは全員、今のこの瞬間に全身全霊で向き合っているのだ。

東峰の打ったサーブがわずかにエンドラインを越えて落ち、バウンドしたボールが谷地の横を勢いよく通り過ぎていった。

「よっしゃー!!」

得点に喜ぶ音駒に悔しがる烏野。

「木兎さん、ちょっと圧が強いです、ゴメンね」

ボールをキャッチした赤葦が谷地に謝るが、木兎はなんのことかわからずきょとんとした。

谷地の肩にゆっくりと力が入っていく。

「……いえ。今までの自分になかった思考を思い知るのは痛(いた)気持ちいいです」

そう言いながらコートを見る谷地の目に不安はない。自分はコートにいなくても、気持ちだけは一緒に戦っていたいと胸に刻(きざ)んだ。

スコアボードの得点は音駒6対、烏野7。

「くらいつく音駒、再び1点差です」

白鳥沢学園(しらとりざわがくえん)の五色工(ごしきつとむ)が見ていたタブレットからアナウンサーの声がする。

ここは白鳥沢の寮の食堂だ。ひとりで試合を見ていた五色だったが、やってきた天童(てんどう)覚(さとり)が覗(のぞ)きこんでなかなか離れないのでふたりで試合を観(み)る状況になっている。

「アハハハ!! リードしてたよね？ ウンコして帰ってきたら第1セット取られてんじゃん！」

「……ええ」

「ウケルー!! アッハッハッハッ」

ひとり盛りあがる天童に五色の顔が無表情になる。

（なんで皆、自分ので見ないんだ……）

画面からアナウンサーの声がする。

『日向がコートに入ります。先ほどみたいにうまく点を取れるか注目です』

福永がボールを返す。山なりの軌道を描きながら烏野コートに落ちてくるボールは日向のほうへ。日向と田中が取ろうと前に出るが躊躇してしまい、西谷が前に出てレシーブで上げた。

田中が助走距離をとろうと日向の後ろへ回りこむ。日向は日向で奥へ走ろうとしていたが西谷と田中がいて思うように動けないように見えた。

『短いサーブ、これも日向狙いか！　レフトから田中！　音駒つなぐ！　幅を使って山本！　烏野も拾う！』

白熱する試合にアナウンサーも気合いが入っている。天童が言った。

「ネコマだっけ？　自分だったら絶対戦いたくないタイプだけど、見てるぶんにはサイコーだよね」

画面では影山がギリギリ片手で上げたトスに跳んでいた日向がスパイクを打つ。しかし福永が飛びこんでレシーブし、高く上がってそのまま烏野コートに向かう。

『また上がった!!　決めさせてくれない！』

アナウンサーの声を聞きながら天童は嬉しそうに縦横無尽にはしゃぐ。

「烏野大変だね！　攻撃決まらなくてイライラしそうだけど、イライラしてる？　つらいかな？　つらいよね、がんばれ〜、知らんけど‼」

楽しそうな天童にうんざりする五色だったが先輩なので強くも言えず、ただ無表情で押し黙るしかなかった。アナウンサーが興奮したように叫ぶ。

『再び烏野、同時攻撃！　真ん中から日向…の後ろから高速バックアタックの東峰ー‼』

「うおっ！」

鮮やかな攻撃が決まり五色も思わず声をあげた。だが音駒はレシーブでボールを拾う。

アナウンサーの声が響いた。

『しかし！　粘る、粘る！　これが粘りの音駒ー‼』

その実況を聞いた天童がふと冷静になったように向き直って言った。

「まるでネコちゃんだけが粘ってるみたいに言うね」

「音駒は守備で粘る。烏野は攻撃で粘る……」

五色も同意するように呟く。

『福永つなぐ！　山本も飛びこんで返したー！』

『すごいですね〜』

続いているアナウンサーと解説者のやりとりを聞きながら、天童が五色の隣に座ってテーブルの上に顎をのせる。五色は天童にも見えやすいようにタブレットを向けた。

「しつこくしつこく毎度全員がスパイカーで囮。粘ってる場所が地上か空中かの違いなのにねー。わっかんないかな～⁉」

少しあきれたように言う天童に無表情のまま五色は思った。

（天童さんは実況の人に厳しい……）

『チャンスボールは再び烏野！　今度こそ決められるか！』

アナウンサーの声を聞きながら天童が続ける。

「でも跳ぶっていう一番キツい動作を繰り返す空中が縄張りの烏のほうがしんどいだろね」

跳ぶという一瞬の動作に使うエネルギーは大きい。それを試合中、烏野は音駒よりもずっとたくさん続けている。

「そんでたぶん、ネコちゃんもそれをわかってる」

天童が確信を持って言う。

それが当たっているようにウォームアップゾーンから観ていた黒尾の目が鋭くなる。

さぁ、烏を地面に引きずりおろせ。

烏の体力が落ちてくるそのときが襲いかかるチャンスだと猫は今か今かと待ち構えてい

る。音駒のレシーブが大きくそのまま烏野コートへ返ってきた。

「チャンボチャンボ!!」

田中の声を聞きながら烏野攻撃陣が後退する。向かってきたボールを田中がレシーブで影山に上げた次の瞬間、田中、東峰、日向、澤村がいっせいにネット前へと走りだした。

シンクロ攻撃に向かう選手たちを繫心がベンチからじっと瞬きもせず見ている。

(時として、一番辛く見える道が一番楽な道)

影山が上げたトスに日向たちが烏がコートに舞うように跳ぶ。

まだまだ跳べることを証明するように。

田中がスパイクを打つ。夜久が飛びこむが腕で弾かれボールは後方へ飛んだ。

「うぐっ!」

山本が追いかけて飛びこむが間に合わずボールは落ちた。

「ダラ〜イ!!! クラァ!!」

長いラリーの末に決めた田中が喜びを爆発させる。

白鳥沢寮で見ていた天童が烏野の予想を超えてくる粘りに不機嫌そうに呟いた。

「……だからキライだよ」

スコアボードの得点は音駒6対、烏野8。

「いやーしんどい！　烏野よく打った！」

「いいぞいいぞ龍之介(りゅうのすけ)、押せ押せ龍之介、もう一本！」

盛りあがるアナウンサーと烏野応援団。だがコートの田中と東峰は反比例するように疲労に支配されかけていた。

「ハァ…ハァ、これ何セット目ですっけ？　5セット目みてーなんすけど……」

「5セット目なんじゃない……？」

汗だくで息もたえだえのふたり。田中の問いに混乱しながら答えた東峰に元気よく日向が声をかける。

「まだ2セット目の最初です！　もっと試合やれますよ！」

「先は長いっスね」

言い添える影山の顔もまだまだ気力に満ちている。

バレー大好き体力オバケ1年生コンビに田中が逆ギレした。

「お前らアッチ行け！　暑いわ‼」

「？　インターハイ予選のときよりよっぽど快適だと思います」

「いやそういうんじゃなく……」

真面目に言う影山に田中は力なく反論する。続いて影山は東峰に向き直った。

「あとこの試合、3セットマッチなんで5セット目はないですね」

「ウンまあそうだよね……」

「ハハハ……」

正論に頷く東峰と力なく笑うしかない田中。そんな烏野コートを音駒チームが荒い息をなんとか整えながら見ていた。

「くっそ、何回も全員攻撃……」

「相手誰だと思ってんだ。烏野だぞ」

悔しそうなリエーフに夜久は動じる様子もなく応える。きっと烏野の強さを一番知っているのは音駒だ。研磨が疲れた顔をしながら口を開く。

「大丈夫。ちゃんと疲れてきてる。無限の体力なんてない。まぁ、それはおれたちも同じだけど……」

そんな研磨に山本が「研磨」と名前を呼んで一歩近づく。

「！　……やめて。その単語だけはやめて」

何かを察知した研磨の顔が嫌悪にゆがんだ。しかしそれにはかまわず山本は叫ぶ。

「根性見してこうぜぇ!!」

「アッチ行け！」

熱く気合いを入れ直すように背中を叩いてきた山本を、根性という言葉が大嫌いな研磨がはねのける。それをベンチで微笑ましく見ていた直井が言った。

「まだまだ元気ですね！」


烏野サーブで順番は月島だ。田中が声をかける。

「月島ナイッサー！」

月島が打ったサーブは山なりの軌道で音駒コート前方へ。

「福永！　前！」

海の声に福永がレシーブで上げる。ネット前で集中していた日向がジャンプするリエーフのブロックに跳んだ。リエーフが打ったスパイクは日向の手に当たり、烏野コート側に上がる。西谷が叫んだ。

「チャンスボール！」

烏野応援席でも滝ノ上、嶋田、明光が期待を込めて声を張りあげる。

「行け‼　ブロード‼」

コートに着地した日向はすぐさま右へと走りだす。リエーフもすぐに日向を追いかけた。勢いそのままに横に飛びながらジャンプする日向に影山のトスがやってくる。その日向の前に山本と一緒にリエーフもブロックに跳んだ。

日向の目にリエーフの大きな手が映る。

研磨は斜め後ろの位置から日向がスパイクを打つのを見ていた。ブロックを避けた日向のスパイクはアウトになった。

研磨の目がわずかに見開かれる。

「よっしゃー‼」

「あれ？」

喜ぶ音駒の前で、日向は自分のミスに不思議そうな顔をしていた。ネット越しにリエーフが得意げに言う。

「へっへ〜ん！　日向、俺にビビったんだろ」

「ニャニヲッ⁉　ちっげーし‼　う〜〜」

リエーフの挑発にカチンときた日向はムキになって言い返す。

「リエーフ」

研磨がリエーフを呼ぶ。影山は日向に辛辣(しんらつ)に突っこんだ。

「違わねぇ。もっと落ち着けボゲ」

「!!　次は決める！　ボールよこせ影山！」

吠(ほ)える日向の後ろでは音駒がコートでなにやら話し合っていた。

ピッ。サーブ許可の笛が鳴り、福永がサーブを打つ。

烏野コート前方に落ちるボールを西谷が前に出てレシーブした。


一繋(いっけい)の入院している仙台(せんだい)の病院でも、白熱して試合を見ていた。テレビ画面に釘(くぎ)づけになってみんなで一喜一憂している。

画面からアナウンサーの声が流れる。

『これも前を狙いますがリベロ西谷がキッチリ処理します。ボールはレフトへ！』

「よし！」

「行け!!」

あやとゆうが熱く応援する後ろで一繋は真剣な目で試合を見ていた。

『強烈ストレート！　これを上げるかぁ！』

アナウンサーの声を聞きながらあやが心配そうに言った。

「今日なかなか翔ちゃん決めらんないね……」

白鳥沢学園の寮の食堂でも、変わらず五色と天童がタブレットで試合を見ている。

山本のスパイクが田中、日向、影山のブロックに弾かれ大きく後方に飛んだ。

「カバー!!」

澤村が叫びながら、西谷、東峰とボールを追う。一番早い西谷が飛びこんで拾った。

「ナイスカバー!!」

澤村が声をかける。大きく上がったボールに前衛の日向たちもフォローへ向かう。

ボールの行方を目で追いながら日向はネット前へと駆けだす。

それをリエーフはまるで知っていたように見ていた。

『烏野繋いでいるが乱れる！』

「多少の乱れは、奴らには関係ねぇ……」

アナウンサーの実況にボヤきながら見ていた天童の目が驚愕で見開く。

「……!!」

駆けだし跳んだ日向に影山がドンピシャのトスを送る。素速い速攻。だがその前に山本、リエーフ、研磨がブロックに跳んでいた。

日向のスパイクはリエーフの手にドシャットされ、弾かれたボールは鋭く烏野コートへ。ブロックの腕越しに落ちていく日向を研磨はじっと見ている。

西谷が飛びこむが間に合わない。

「よっしゃあああ!!」

喜びを爆発させる音駒に応援団も盛りあがる。

「ナーイスキー灰羽、押せ押せ灰羽、いいぞいいぞ灰羽、もう一本!!」

反対にウォームアップゾーンの菅原たちや、コート外の谷地は信じられない光景に固まるしかない。

「すごーい……」

観客席の美華が驚いている横で大将も固まっている。

烏野応援席でもそれは同様だった。明光と滝ノ上が悔しそうに吐きだす。

「読まれた……!」

「日向にブロック三枚……!」

仙台の病院ではみごとなドシャットに面白そうに目をむく一繋のほかは、封じられた速攻に阿鼻叫喚（あびきょうかん）だった。

「うわあああ!!」

ゆうとあやが叫ぶ近くで看護師も思わず言った。

「じわじわ迫ってくる……!」

スコアボードの得点は音駒13対、烏野15。

ピーッ。烏野がタイムアウトを取った。

烏野チームがベンチに集まっていくのと同時に音駒も貴重な休憩時間にベンチへ向かう。

リエーフは、さっき日向の素速い速攻を山本とともにブロックを跳んでアウトをとった後のことを思い返していた。

日向を挑発したあと研磨に呼ばれ、短い作戦会議があった。

『リエーフ、次、烏野が攻撃するとき翔陽（しょうよう）が万全の体勢で助走に入ったら、ブロック三枚とも翔陽にコミットして。たぶん頃合いだから』

そう研磨は言っていたのだ。

ベンチに向かったリエーフは座って休憩している研磨に詰め寄った。

「今、日向にコミットってなんでわかったんですか!?　研磨さん怖（こわ）いです!!」

研磨は少々面倒（めんどう）くさそうにしながらもうつむいて話しだす。

「今日、翔陽の打数が少ないのはわかるよね」

「え、あ、はい。サーブで日向をうまく狙えたときですよね」

「それだけじゃないでしょ」

「?」

顔を上げる研磨にリエーフはきょとんとする。


一方、烏野ベンチでもそれぞれ汗を拭いたり水分補給したりしながら、日向がドシャットされたことについて話し合っていた。

「翔陽に取らすだけじゃない。俺のことも使ってやがる」

そうきっぱり言った西谷の言葉に全員が耳を傾ける。

「このセットの最初、翔陽が自分で拾ってさらにブロードを仕掛けたろ」

それは第2セットの先制点を獲得したライトからのブロード攻撃。西谷は続ける。

「でも次の同じローテ、そしてさっき。俺にあの位置で取らすことで翔陽がライトへ走る助走路を防いだ。最初はたまたまかと思った。でも狙ってやがる」

日向が前衛レフト側の、西谷が後衛ライト側のローテーションのとき音駒はボールを西谷の前に出すことで、日向の素速い速攻を封じていたのだ。

「徹底した日向潰(つぶ)し……」

澤村の呟きに、全員が肩で息をしている日向を見た。

音駒ベンチで研磨が静かに語る。

「跳ぶのが大好きな翔陽が跳べないことにより、苛立(いらだ)ちや焦(あせ)りが募る。さっきの力(りき)んだアウトでより明確になった。そしてセッターならスパイカーのミスをそのままにしたくない。だからタイミングさえくれれば翔陽に上がると思った」

淡々(たんたん)と話した研磨に、音駒ベンチが一瞬押し黙った。素直なリエーフが顔をしかめて言う。

「……研磨さん怖いです」

「怖いな」

「怖い」

全員同じ気持ちだったように黒尾と海も同意する。研磨はさほど気にする様子もなく続けた。

「ちょっとでいいんだ。何回も言うけど、どんな攻撃も全部封じるなんて不可能。烏野のいつもならきっと決めてた数本を削(けず)れればいい。その小さなストレスの積み重ねは一本のミスに繋がるかもしれない。それが二本、三本になればいい。点だけじゃなく線、翔陽の

動線を断つ」
日向翔陽というプレーヤーを攻略するために、その感情の機微さえ利用する。
そこに罪悪感はなく、本能のまま、けれど冷静に烏の羽をもいでいく。
自由に空を飛ぶ烏を捕らえるために、ずっと張られていた罠。
「助走は翔陽の翼だね」
研磨は日向を完全に鉄の籠に閉じこめた。

7 希望

【音駒高校】

灰羽リエーフ
1年／MB
好物：おいなりさん

犬岡走
1年／WS
好物：鶏の唐揚げとご飯

芝山優生
1年／Li
好物：オムライス

手白球彦
1年／S
好物：タラの塩焼き

『THE END』

テレビ画面に大きく映しだされた文字を見た少年時代の研磨は、おもむろにリモコンで電源を切る。とたん、まっ暗になった画面は研磨の心情を表しているようにうつろだった。

ここしばらくずっとワクワクしながらやっていたゲームが、今やっとクリアできたというのに研磨の顔に達成の喜びはなく虚無感さえ漂う。

研磨は座っていたベッドにまるで死んだようにパタッと突っ伏す。

少ししてドアがノックされた。

「ケンマ〜？　なんだなんだハラヘリか？　おばさんにエビセンもらったけど食う？」

勝手知ったるで、研磨の返事も待たずに黒尾がお菓子を片手に入ってくる。

それにはかまわず研磨は少し横を向いてか細い声で呟いた。

「……ゲームオーバーよりゲームクリアのほうが悲しい」

「あ？」

黒尾がわけがわからず声をかけるが、研磨はただ無気力に突っ伏し続けていた。

ピーッ。タイムアウト終了を告げる笛が響く。

「っしゃぁぁあああ!!」

山本とリエーフが気合いを入れてコートに戻っていく。他のメンバーも戻っていくなか、研磨は最後にゆっくりと立ちあがった。

一方、烏野もコートに戻っていく。

「しゃあああああ～!!」

西谷が意気ごむ。あとに続いていた影山に繫心が声をかけた。

「影山」

影山が振り返る。繫心が口を開いた。

「やった～!!」

隣のコートで試合をしていた女子選手たちの歓声があがる。勝敗が決したのだ。他の試合もそろそろ決着がつき始める頃だろう。

歓声が響くなか、繫心になにやら言葉をかけられた影山が頷きコートに入っていく。

「福永ナイサーもう一本！」

サーブ位置についた福永に山本の声が飛ぶ。

すでに前衛にスタンバイしていた日向の斜め前に研磨がやってきた。日向のほうを見た研磨に、日向の視線が重なる。

罠を仕掛けた者と罠に捕らえられた者の間に言葉はなかった。

福永がサーブを打つ。狙ったそれは日向の前に落ちてくる。日向は前に出てレシーブし、すぐさま立ちあがり奥へと走った。

「レフトォ！」

東峰がアピールする。トスを上げる影山の背後に日向はブロードに跳ぶが、ボールが上げられたのは東峰。強烈なバックアタックを決めた。

「っしゃあああ〜〜〜!!」

得点に喜ぶ烏野。

「旭さんナイスです！」

日向も喜んで声をかけるが、その笑顔はわずかに硬い。

「ドンマイドンマイ！」

夜久がみんなに声をかけているなか、研磨はそんな日向を見ていた。だが研磨はふとうつむく。

飛べない烏。いつでも仕留められるようになってしまった獲物に猫は興味を失っていく。

さっきのタイムアウト中、研磨は言った。

『最強の囮を邪魔できればブロックは格段に動きやすくなる。翔陽に取らせたり助走路を塞げなかったとしても迷ってくれるだけでもいいんだ。俺が取る？　後ろかサイドに任せる？　って。翔陽は今、絶対にレシーブの意識が高くなってる』

研磨の言葉どおり、日向のプレーに迷いが出始めていた。

東峰のスパイクに海と黒尾がブロックに跳ぶ。手を弾いたボールに黒尾が叫んだ。

「ワンチ!!」

落下しつつ黒尾は目の端で日向を捉えながら思う。

（ここまでチビちゃんの存在感が薄いと感じるのは初めてだな……）

今まで日向の存在はコートの中で大きく、相手チームはいつ来るともわからない素速い速攻を意識せざるをえなかった。だからこそ囮になった。

けれど今は囮の役割さえ果たしていない。研磨の予想以上に思惑どおりに事が進んでいる。

（翔陽はきっと全部頑張る。レシーブも助走の確保も。でも頑張ってなんでもできるワケ

じゃない)

日向がボールを見上げながらネットの前に立つ。山本が叫んだ。

「チャンスボール!!」

福永がレシーブして上げたボールに、福永を含めた音駒攻撃陣がいっせいにネットの前へと駆けだした。シンクロ攻撃だ。

烏野コートのセンターで澤村と日向と東峰がブロックに備える。

「俺もいるぞ!!」

突然リエーフが声をあげる。そのアピールに日向はどこにブロックを跳んだらいいのか迷ってしまう。

そんななか、研磨がトスを上げる。跳んだ黒尾と海の後ろから入れ替わるように空中に現われたのは、振りかぶったリエーフ。強烈なバックアタックを東峰と日向のブロックの間を抜いて烏野コートに叩きこんだ。

「よっしゃー!!」

キレイに決まり思わずガッツポーズで大喜びするリエーフに音駒応援団も盛りあがる。

「ナーイスキー灰羽、いいぞいいぞ灰羽、いいぞいいぞ灰羽、もう一本!!」

「バックアタックあんのかよ」

「リエーフだしな！」

驚く田中と動じない西谷に澤村が手を叩きながら声をかける。

「頭に入れつつ、切りかえ切りかえ」

その近く、ネット前で日向は研磨を見ていた。

そんな日向の前から研磨はゆっくり歩いて離れていく。

（よーし、もういっちょ……!!）

ピッ。サーブ許可の笛にリエーフが意気ごんでサーブを打つ。

だが意気ごみすぎたのか、サーブはリエーフの予想以上に大きく飛んだ。

「アウト！」

田中が素速く判断しボールを見送る。ボールはコート外に落ちて烏野の得点となった。

「しゃあああ～!!」

喜ぶ烏野。その向かいのコートではリエーフ以外がリエーフを睨んだ。

応援席でアリサが弟のミスに言葉もなく顔を覆う。ミスは誰にでもあるというようにあかねはアリサの肩をポンと優しく叩き無言で慰めた。

スコアボードの得点は音駒16対、烏野18。

「くそ、日向1点も取れずに後衛か……」

ポジションチェンジで移動する日向を見ながら、烏野応援席で滝ノ上（たきのうえ）が悔（くや）しそうに呟く。

「日向ナイッサー！」

日向がサーブ位置につく。サーブ許可の笛のあと、すぐにサーブを打った。だがすぐに攻撃され音駒のスパイクが決まる。西谷と交代した日向はウォームアップゾーンへ向かった。

「一本取るぞー！」

「ナイスレシーブ！」

菅原（すがわら）たちがコートに声援を送っている横で、日向は研磨と初めて会った日のことを思い出していた。


『すごいね……びっくりした』

初めての練習試合で変人速攻を見て少し驚いた研磨。

『翔陽は面白（おもしろ）いから……』

春高（はるこう）予選前の合同練習試合で、練習ではない試合がしたいと言った研磨。

『〝もう一回〟が無い試合だ！』

今の試合でそう言った日向に、面白そうに笑った研磨。

『ただのヒマつぶしだし……』

初めて会ったとき、ゲームをしていたのを見てそれは面白いか聞いたときの研磨。

『べつに普通かな』

初めての練習試合後、どう思ったかと聞かれて少し困ったように答えた研磨。

『面白いままでいてね』

そしてついさっきの、どこか怖かった研磨。

みんなが応援しているなか、日向はコートに背を向けてうつむいている。

日向が試合中、バレー以外のことに気を取られるのは珍しいことだった。

さっきリエーフがバックアタックを決めたあとの研磨は、目の前にいる日向を見もしなかった。すべてが終わったような死んだ目でただそこにいた。

そんな研磨を思い返して、日向の息が荒くなる。

胸の奥がドロドロした何かに支配されていくように苦しくなっていく。研磨にとって自分は面白くなくなったと判断されたのだ。

自分のすべてを否定されたような悔しさが日向の全身にあふれる。

そう判断されてしまった自分に猛烈に腹が立った。

「翔陽！」

「！」

西谷に声をかけられ日向はハッとする。

「お前の出番だぜ」

「は、はい！」

いつのまにかポジションチェンジになっていて、西谷に代わり日向がコートへ入る。

さらに、月島に代わり菅原がコートに入った。

「はい、アゲてアゲて～！」

菅原が空気を変えようと、みんなに明るく声をかける。

「こんなお祭り、そうそうねえのに2セットだけで終わるなんてもったいねぇべや！」

影山はその間、相手コートの研磨を見ていた。そして独り言のように呟く。

「……すげえな、面白ぇな」

そして日向を見やる。鳥籠に閉じこめられたスパイカーを。

スコアボードの得点は音駒21対、烏野21の同点だ。

ピッ。サーブ許可の笛のあと菅原がサーブを打つ。

「福永さん！」

声をかけるリエーフの横で前に出た福永がレシーブでボールを上げた。それに合わせてリエーフが研磨から上がったトスをスパイクする。日向と田中のブロックの間を抜けたボールを、澤村が正面から安定したレシーブで菅原のほうへ上げる。影山が声をかけた。

「ナイスレシーブ‼」

（よし！）

キレイに上がったボールを見て菅原が速攻を決意する。阿吽の呼吸で全員がそれを察知して動いた。

今まで数えきれないほど道を作ってきた日向のために、自分たちが道を作る番だと。

「‼」

ネット越しにリエーフと福永がハッとする。菅原がネット前に移動すると当時に、影山

が後ろへ走りだしたのだ。その動きに音駒応援席のあかねが驚く。

「セッターが下がった！　攻撃五枚⁉」

（助走距離確保！）

日向はぐっと身体を沈めるようにして力を溜め、ネット前へと走りだした。

研磨はそんな日向を静かに見ている。

菅原がネット前で、やってくる日向を意識しながらトスに構える。だが。

「……‼」

菅原の前にいるのはブロックしようと集中しているリエーフ。その気迫に菅原は圧を感じ、苦渋の決断で日向を囮に影山へトスを上げた。福永と急いでやってきたリエーフのブロックの間を抜けた影山のスパイクを山本がなんとか拾う。かろうじて上がったボールを夜久が飛びこんで研磨のほうへと返した。

やってくるボールに後退して構える日向に菅原も続く。

（助走距離確……）

今度こそ速攻へ走ろうと意気ごむ日向。だが研磨はボールの勢いを殺すように柔らかくアンダーパスで返す。ボールは後ろに下がった日向と菅原の前へ。

「くそっ！」

不意をつくアンダーパスに菅原と日向が飛びこむ。少し早かった日向がボールを上げた。

「ナイスレシーブ!!」

西谷が叫ぶ前で日向がすぐにガバッと起きあがり、トスに構える影山以外の一同が後退する。

(助走距離確保!!)

ネット前へと走りだす日向。影山はやってくる日向を見た。だが影山は田中へトスを上げる。ブロックに跳ぶ研磨とリエーフ。上がらなかったトスに日向は悔しそうに顔をゆがめた。

研磨とリエーフのブロックを抜けたスパイクを夜久がなんとかレシーブする。だがボールはそのまま烏野コートへ返ってきた。東峰が声をかける。

「越える!　チャンスボール!」

「オーライ!」

そう言いながら菅原がレシーブで受け、日向は上がったボールを見上げながら後退した。

(助走距離確——)

そう思いながら駆けだそうと踏ん張った日向の足がスライドする。足元が汗で濡れていたのだ。

「!!」

バランスを崩(くず)した日向からボタボタッと汗が落ちる。ネット前からそれを見た影山は田中へとトスを上げた。

羽をもがれたように地上にうずくまる日向は、それを悔しそうに見上げる。

研磨はそんな日向を見ながら、自分の言った言葉を思い返した。

『スピードでの攪乱(かくらん)も、190センチのブロックとも戦えるジャンプも、一歩遅れるだけで全部遅れて、あの存在感はかすんでしまう。99パーセントであっても台なしなんだ。だって100パーセントで跳べない翔陽に影山は興味なんかないでしょ?』

田中が打ったスパイクがリエーフのブロックに当たり烏野コートへ落ちた。

「よっしゃああああ!!」

喜びに沸(わ)く音駒チーム。その中で研磨はひとり、静かにうつむいた。

「そんな……あんなにみんな頑張ったのに……」

コート外で見ていた谷地(やち)が辛(つら)そうに思わず呟いた横で、赤葦(あかあし)も同意する。

「不運ですね……」

武田(たけだ)もベンチから、汗で濡れている床をスタッフと一緒に拭(ふ)いている日向を見ながら悔しそうに顔をしかめた。

(よりによって、どうしてこのタイミング……)

タイミングとは不思議なもので良いことも悪いことも重なることがある。神様のイタズラに思える偶然は重なるほど運命と名を変えるのかもしれない。

そして運命とは、何かが変わるきっかけだ。

「大丈夫か～？」

「大丈夫っす！」

菅原にケガなどしていないか訊(き)かれ、日向はいつものように答える。

黒尾はウォームアップゾーンから、コートで死んだような目をしている研磨を見ていた。

(……今んとこ思惑どおりなのに、その顔はなんだい？　自分で羽をもいでおきながら飛べないのは悲しいとでも？　お前は本当にメンドクセェな)

そう思いながら黒尾は苦笑(くしょう)した。

影山はまだ黙々(もくもく)と床を拭いている日向を見ていた。

(危険か、試す価値はあるか。つーか日向は使える状態か)

影山は試合中の日向を思い出す。徹底したつぶしに飛べなくなった日向。

羽をもがれても、もがくように飛ぼうとしていた。

その澄(す)んだ目はずっと壁を見ている。

影山は覚悟を決めた。

（……スパイカーの前のカベを切り開く。そのためのセッター）

日向は床を拭きながら白鳥沢の鷲匠監督に言われた言葉が蘇っていた。

『影山というセッターのいないお前に俺は価値を感じない』

床を拭いていた手がグッと握られる。

「日向」

菅原の声に日向はハッとして顔を上げた。

「ナイスレシーブ！　その調子で次も頼むぞ」

中腰でサムズアップする菅原に日向は「あ、はい」と応える。

月島と交代するためコートを出ていく菅原を見送りながら、日向は自分が後ろ向きな考えに囚われかけていたことに気づいて呆然とする。

「黒いほうの10番って何役？　小さいし、アタックもあんま打たないけど。なんのために居んのかな？」

「1セット目はけっこう活躍してたけど」

「へー？」

音駒応援団の生徒たちがなにも知らずに交わしている会話が前に居るあかねの耳に入る。

（その10番に仕事させないために、こっちも頑張ってんだからね！）

内心憤るあかね。対戦相手にとって日向翔陽という選手は、それほど厄介な存在なのだ。

「ナイッサー」

サーブ位置に立つ福永に夜久が声をかける。


「フー……」

日向はネット前で構えながら目を閉じ、自分を落ち着かせるかのように大きく息を吐き出す。そしてそっと目を開けた。ネット越し、日向の前にいるのは研磨だ。

対峙するふたりは思う。

（苦しいよね、翔陽？）

（研磨が俺のレシーブで俺を閉じこめようとしている）

（考えれば考えるほど人は答えを探す）

（どうすればレシーブをして〝良い助走〟を確保できる？）

（焦りと苛立ちから抜け出すための近道を探して）

（どうすれば……なにか道は……）

レシーブに備える日向を見ながら、獲物を見るように冷徹な目をした研磨が小さく呟く。

VOLLEYBALL CHAMPIO

「そうやってもがくといい」

ピッ。サーブ許可の笛が鳴り、福永がサーブを打つ。コート前方を狙った短いサーブだったが予想以上に短すぎてしまった。

ヤバイと顔をゆがめる福永。澤村が叫ぶ。

「前!!」

そのボールに田中と日向が一歩前へ出る。ボールはネットを揺らしなんとか烏野コートへ落ちていく。

「クッ!!　ホァ!」

飛びこむ日向。なんとかレシーブしてボールが上がる。

研磨は飛びこんだ勢いで這(は)いつくばった日向をもう見もしなかった。

(……レシーブが俺を閉じこめる)

床に這いつくばりながら日向は思う。

研磨はトスに備えながら、そんな日向を感じていた。

(ゲームオーバー……ここまでかな……)

羽をもがれた烏はきっともう飛ぶことを諦(あきら)める。

しかし、そのとき床に触れていた日向の手に力が入る。立ちあがっていく日向から汗が落ちるが、それに構わず強い目で前を見据えた。

（……それでも‼　どっちかをえらぶワケにはいかない。レシーブがなきゃスパイクもない。ボールが落ちたらバレーは始まらない。点を取るのに近道はない‼）

そんな日向に研磨は思わず目を見開いた。

影山も日向を確認しながら、タイムアウトが終わりコートに戻ろうとしたとき呼び止められた繋心との会話を思い返していた。

「影山、勇気出してこー」

繋心の励ましの意図に気づいた影山は落ち着いた目で応えた。

「はい、ありがとうございます」

ボールの落下地点に入りながら影山は思う。

（スパイカーに時間をつくれ）

攻撃陣たちが助走のために後退する前で影山は叫んだ。

「オープン‼」

影山の言葉にネット前で構えていた福永と研磨が驚く向かいで、日向がピクッと反応する。

「……！」

言葉は自分に向けられたものだと感じ取った日向へ、影山がボールを高くトスする。

（オラ、とべ!!）

それぞれの場所で試合を観ていた天童、五色、木兎、赤葦、大将、あかねが驚愕する。

センターオープン。それは高く上げたトスに合わせて余裕を持って助走を始める3rd・テンポの攻撃だ。素速い速攻が日向と影山コンビの一番といってもいい武器だった。けれどオープンは余裕を持った攻撃。

高く高く上がったボール。

影山が作った、日向がより高みへと昇る道。

「〜〜〜!!」

日向の顔がパァァァと輝く。

上げられたトスに日向は一瞬で悔しさも落ちこみもなにもかも忘れた。

日向にとってトスは常に渇望している希望なのだ。

（助走距離確保!!）

日向が意気ごむ向かいのコートで、研磨は動揺していた。

（あえてのオープンど真ん中!?　ブロック三枚だよ？　それにセッターが合わせてくれる

速攻と違って高いトス苦手って人けっこういるよね……）

日向が上げられたボールを見上げながら、タイミングを合わせてグッと身体を沈ませてから力強く走りだす。走りながら日向は影山の言葉を思い出していた。

『お前、もっと跳べるぞ。そんで、そういうジャンプは床を蹴る音がすんだよ』

――ドン!!!

低く響き渡るような音を立てて、日向がジャンプするために渾身の力を込めて踏みこみ、跳ぶ。

鳥籠に閉じこめられた烏が、今、籠を突き破り大空へ羽ばたいた。

研磨とリエーフと山本がブロックに跳ぶ。だが日向のジャンプはその三人さえ悠々と超えている。

その瞬間をジャンプしながら見上げている研磨は混乱しながら思考する。

（翔陽なんて超ハイスペックセンターのセットでクイック打ち続けてんだしなおさらなんじゃ……あ！）

研磨の顔がヤベッというようにハッとする。下がる研磨たちを前に日向はまだ高みにいて、ブロックの上からスパイクを打ち抜いた。

音駒コートにボールが鋭く落ちる。着地した日向はボールを打った手を見た。少しだけ

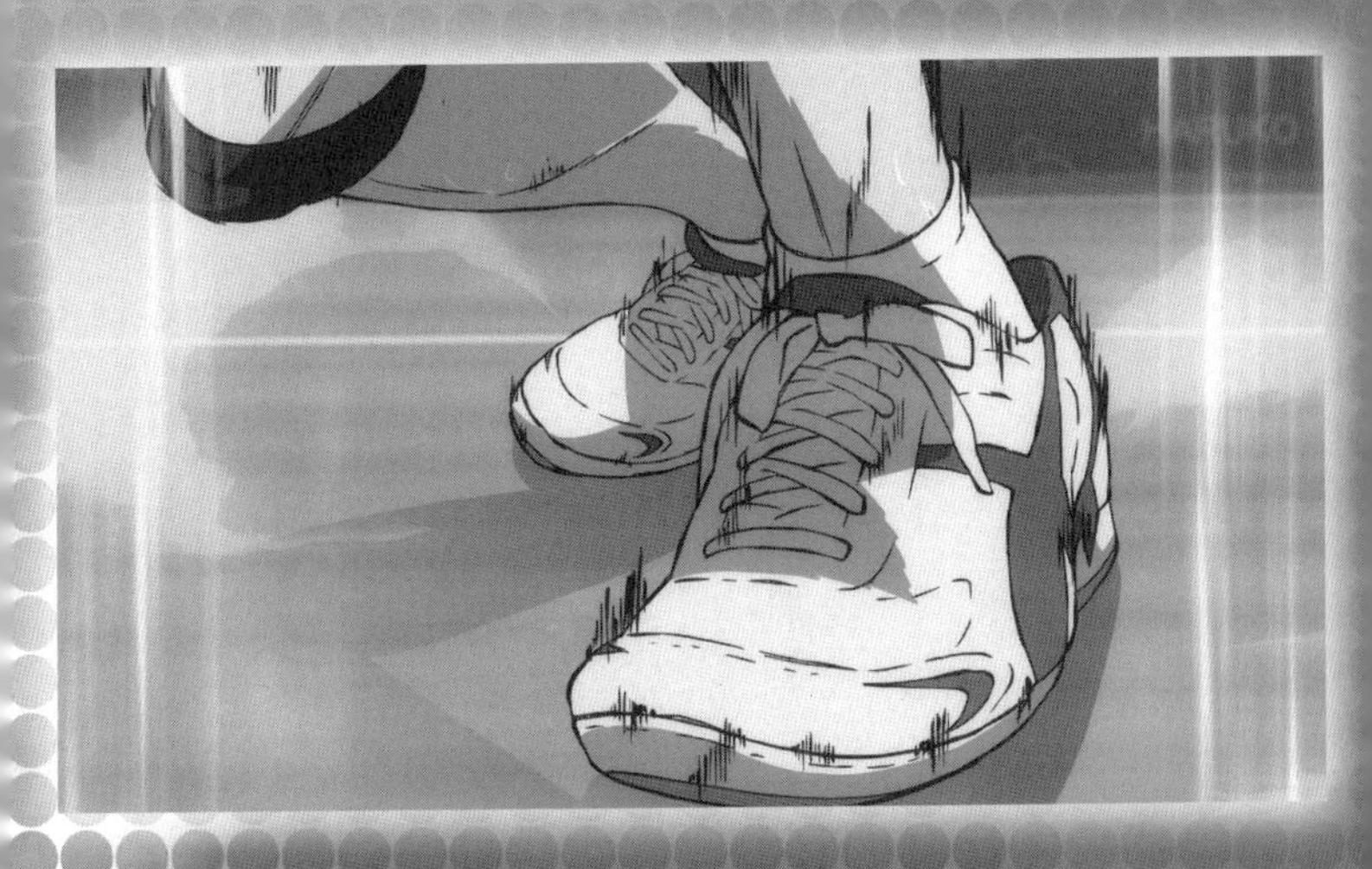

堅忍果決
音駒
22
烏野
21
全日本バレーボール
高等学校選手権大会

ジンとしている手が実感を伝えてくる。

「ッシャア!!」

ピッと得点を知らせる笛に、日向と影山がガッツポーズをしながら叫ぶ。

その前で研磨がじっと日向を見ていた。

(今のはあえてのオープン？　速さが武器の翔陽なのに？　それよりもハイセットでもちゃんと打てるのか……)

「なんかお前いつもより跳んでね？」

そんな研磨に気づくことなく日向は田中に褒められて嬉しそうに敬礼しながら応える。

「今、ドンジャンプを習得中であります！」

田中と東峰と澤村が初めて聞いた言葉に不思議そうな顔をする。ベンチでも繋心が驚いていた。

「……今アイツめっちゃ跳んでなかった？」

その言葉に武田と一緒に潔子も頷く。

「跳びましたね……」

コート脇で見ていた赤葦も驚いている横で、木兎は高揚したように「ハッハー!!」と笑う。

コートでは影山が日向に近づいて言った。

「まぁまぁのジャンプだったな」

珍しく褒めた影山に日向は向き直ってサムズアップする。

「お前のトスはチョーすげえ」

「……？」

ストレートに褒めてくる日向を理解できず影山はなに言ってんだコイツと言わんばかりにドン引きした。

「ほめたんですけど⁉」と日向が憤慨して突っこむ。

「お？」

音駒ベンチで猫又が研磨の様子に気づく。研磨は周囲を遮断しているかのようになにやら小さく早口で呟いていた。

攻略し終えたと思っていた敵は、まだピンピンに生きていた。ゲームはまだまだこれからだったのだ。音駒の頭脳がフル回転していく。

（……そうだよね。魔法攻撃・間接攻撃。封じられたり効果がなくても物理攻撃でぶんなぐればいい、だよね）

そして気づいた策に研磨の目が生き生きと見開き、バッと同意を得るように猫又を見た。

急に振り向いた研磨にビックリしている直井の横で、猫又は笑みを浮かべた。

(言われるまでもねぇ)

ピッ。サーブ許可の笛が鳴り、影山が強烈なサーブを打つ。構えていた山本がギリギリで見送ったボールはわずかにコート外へ出てアウトになった。

「ヒィ〜アブネェ……」

思わず冷や汗をかく山本。外してしまって悔しそうにチッと舌打ちをする影山に、菅原たちが「ドンマーイ」と声をかける。

そのとき、選手の交代を告げる笛が吹かれた。日向がハッとする。

「！　犬岡だ……！」

海と交代で入ってきたのは犬岡だった。烏野応援席の嶋田と滝ノ上が苦い表情になる。

「あのすばしっこい7番……！」

「すぐブロック固めてきやがった!!」

研磨はさらに高いジャンプを獲得した日向を物理攻撃で封じるため、リエーフ、黒尾に続いて背の高い、日向にもついていける身体能力を持つ犬岡を投入した。

今、前衛にはリエーフがいるのでブロックの高さが増す。

(二枚の盾装備完了)

後衛からリエーフと犬岡を盾に、じっと日向を見ている研磨。

「がんばるぞー!!　うおおおお～お～～～!!」

「うおおお～～～!!」

やる気に思わず奇声をあげる犬岡に呼応して叫ぶ日向。そんななか、ウォームアップゾーンでは菅原が輩（やから）のようにメンチを切って威嚇（いかく）していた。

「ただでさえフロアディフェンスやべえのに前衛も高くしてくるってなんだよ！　反則なんじゃないでしょうかー！」

音駒コートでは研磨がメンバーに短く作戦を伝える。

「もし次、翔陽のオープンがきたらブロックのタイミング我慢してね」

「ハイ！」

リエーフと犬岡が元気よく応える。研磨が続けた。

「翔陽は俺たちより長く空中にいるから」

「おし！」

意気ごむ山本に他のメンバーたちも頷く。

ピッ。サーブ許可の笛が鳴り、研磨がサーブを打つ。日向の道をふさぐよう狙った山なりのサーブは前衛の日向の元へ。日向と田中が叫ぶ。

「キャプテン！」

「大地さん！」

「オーライ！」

澤村が前に出てレシーブで上げた。西谷が「ナイスレシーブ！」と声をかける。

（対応された）

わずかに顔をしかめながらコート内に入って攻撃に構える研磨。助走経路を確保した日向がネット前へと走りジャンプして振りかぶる。そこへやってくる影山のトスを日向がスパイクする。だがそこにリエーフと犬岡がブロックに跳んだ。

リエーフにぶつかりながらの犬岡の手にバチンッとボールが当たり、烏野コートにボールが返る。

「ホアッ!?」

「ダッシャアアアア!!」

驚く日向に吠える犬岡だが、日向の後ろに飛びこんだ影山がレシーブした。

「もう一発センター!!」

「……!!」

叫びながら田中がアンダーで繋ぎ、高く高く上がったボールに日向の目が輝く。研磨が表情を曇らせた。

(また……!)

ネット前に走りこんでドンッとジャンプする日向。その前に犬岡、リエーフ、山本がさっきの研磨からのアドバイスを受け、すぐに跳びたいのを抑えてためる。

(タイミング我慢して……せ～の!)

三人でブロックに跳ぶ。ためて跳んだブロックは日向の高さに追いつき、振りかぶる日向の前に立ちはだかる。

空中での一瞬、日向はその指先を見据えスパイクを打った。リエーフの指先に当ったボールは大きく弾かれ後方へ飛んでいく。リエーフが叫んだ。

「奥!!」

夜久と福永が急いでボールを追うが大きくコート外へ落ちた。主審が手を上げ、ワンタッチがあったことを知らせる。

「よっしゃ～～～!!」

喜びを爆発させる烏野。田中がわしゃわしゃと日向の頭をなでる。

「スゲェぞ日向～～!!」

烏野応援席でそんな日向たちを見ながら滝ノ上が嬉しそうに驚きながら言った。

「日向、今、指先狙ったな」

「ああ、ブロッカーからしたらイヤな相手だぜ」

嶋田もニヤリと同意する。

音駒コートでは悔しがる犬岡たちの後方から研磨もそんな日向を見ていた。

（次は何が起こるかな？）

そう思う研磨の背筋が、まるで新しいゲームを買ったときのようにわずかに伸びる。

「よ〜し、あと1点!!」

日向の復活に冴子も気合いが入った。


スコアボードの得点は音駒24対、烏野25。

あと1点取れれば、烏野がこのセットを獲得できる。

「日向ナイッサ〜!」

ピッ。サーブ許可の笛が鳴り、澤村の声を受けながら日向がサーブを打つ。ボールは音駒コート前方へ。夜久が叫んだ。

「前、前っ!!」

山本が膝をつきながらレシーブで上げるその前で研磨がトスに備える。

「センター！」

叫んだ黒尾をネット越しに見ながら影山が予想する。

(黒尾さんくるか？　いや)

影山の視線はジャンプする黒尾ではなく、上がったトスにジャンプし振りかぶっている犬岡だった。背が高く攻撃力がある犬岡だと読んだ影山の予想は当っていた。

そして東峰と月島が犬岡のブロックに跳ぶ。背の高さなら月島のほうが上だ。

「ワンチ！」

月島が手に当ったボールに叫んだ。

「チャンスボール!!」

菅原、山口、西谷、谷地、冴子がそれぞれの場所から力の限り声を張りあげる。

影山がトスの体勢に入ると同時に、影山以外の全員がネットに向かっていっせいに駆けだす。

(シンクロ攻撃オール!!)

トスが上げられたのは東峰。振りかぶる東峰の前に黒尾と犬岡が素速くブロックに跳んだ。

「ワンチィ!!」

ボールが手に当たり黒尾が叫ぶ。

「チャンスボール!!」

音駒のウォームアップゾーンからリエーフたちが声をあげる前で、黒尾たち攻撃陣がいっせいにネット前へと走りだす。

（シンクロ攻撃!!!）

研磨が上げたトスを日向はじっと瞬きもせず見ていた。その前で澤村と月島がジャンプし振りかぶる山本にブロックに跳ぶ。

ブロックを避け、ギリギリにスパイクされたボールが日向に鋭く向かう。レシーブしようとしたが、あまりにも目前に迫った重いボールは日向の肩に当たり勢いよく跳ねて音駒コートへ飛ぶ。

「!!」

山本、犬岡、夜久、黒尾がハッと振り返る。研磨がボールを見上げて瞬きの間に思った。

（……やっぱり翔陽は戦うたびに新しい）

「後ろ〜〜!」

黒尾の叫びに福永や夜久が追いかけるが間に合わず、ボールはコートの隅に落ちた。

「うおお〜〜」

　思わぬ得点に喜びに沸く烏野。

　第2セットを取り、第3セットに繋げることができた。

「翔陽〜〜〜!!」

　西谷が何が起こったのかわからず呆然と座りこんだままの日向に抱きつき、頭をワシワシ撫でまくる。その向こうで音駒たちが整列のためエンドラインに向かう。

「んぬぅー我ながらいいストレートだったのに……!」

　歩きながら嘆く山本に研磨が言った。

「うん、今のは良かったよね」

「おたくの10番なんなんですか!」

　そんななか、黒尾はネット越しに月島にクレームを入れる。

「ちょっとわかんないです」

　月島も首をかしげる。ハプニング的な得点だったが、日向にはそれを呼びこむ何かがあるのかもしれない。

　音駒応援席で、あかねが手で顔を覆いながら何かを必死に耐えているような声を出した。

「んぅ〜っ!」

「あかねちゃん！　まだ勝負はこれからだわ！」

横にいるアリサが拳を握り励ます。あかねが心底悔しそうに言う視線の先にあるのはスコアボード。

「ん～、わかってる。でも悔しい……こんなこと言うのはナンセンス。でも悔しい。レシーブで点を取られた……！　セットカウント1対1……でも実際は2セット目を取ったほうが有利。それに10番の完全復活……」

そして勝負は最終セットに持ちこまれた。取っても取られてもこれで決まってしまう。あかねが警戒を強める下で、両チームがコートチェンジのために移動する。走る日向の表情は明るく、今にも飛びそうだ。

研磨も同じように移動しながら思う。

（100パーセントで跳べない翔陽に影山は興味なんてないと思ってた……100パーセントで跳べないなら跳べるように応える……）

初めての練習試合で変人速攻を攻略されたあと、普通の速攻を習得しようとする影山と日向のことを猫又は鬼と金棒ではなく、鬼と鬼になると言った。

研磨はそのときそうは思わなかった。影山が日向という武器を使うのだから、日向が多機能で高攻撃力の金棒なのは変わらないと。

けれど違った。日向は次にどんな進化をするのかわからない鬼なのだ。

「ただのマグレにいつまでも浮かれてんじゃねぇ」

「たまにはホメたら!?」

「さっきお前またゴチャゴチャ何か考えてただろ」

「!!」

烏野ベンチで水分補給をしながら影山に言われ日向が反論する。しかしすぐさま指摘され日向はグッと押し黙るしかない。

研磨がそんな様子を音駒ベンチから見ていると、リエーフが自信満々にみんなに向かって言った。

「ガッとやっちゃいましょう、ガッと！　俺が20点取ったりますよ!!　あとの5点は皆さんでどうぞ」

最終セットに向けてリエーフは燃えている。熱くなるのは自然の流れであったが、すぐに調子に乗ってしまうリエーフにとってはそれが時として空回りしてしまい自滅するパターンもある。近くにいた芝山がそれを心配するように眉を寄せた。

だがそのとき黒尾が真剣な様子で言った。

「なぁ、知ってる？　筋トレってさ、例えば普通の腹筋１００回やるより、10回できるか

できないかくらいの負荷かけてやったほうがいいんだってよ」

「……なんの話だ？」

急な話題に夜久が言う。だがリエーフは素直に黒尾の言葉に反応した。

「えぇっ⁉　回数多ければ多いほどいいんじゃないんすか⁉」

「つまり……」

黒尾がリエーフを促すように指を差す。リエーフは考えてから口を開いた。

「普通の20点よりヘヴィな1点？」

それに黒尾がよく気づいたといわんばかりにコクリと頷く。夜久が突っこんだ。

「コクリじゃねぇよ。ヘヴィな1点ってなんだ、20点取れ」

リエーフはすっかりいつもどおりのテンションになり、ホッとしている芝山の近くで犬岡にさっそく今得た知識を披露しようとする。

「なー知ってる？　筋トレってさ」

そんななか、海は何かに気づいたように黒尾の肩をつつきベンチに座って「フー……」と大きく息を吐いている山本を指さす。自分のスパイクで決められずセットを取られてしまったことに対して気にしているようだった。

「オイー！」と黒尾に急に肩をつかまれ山本が驚く。

「お前の場合はもっとテンション上げてけー！　つーかお前のさっきのラストのストレート、すごくなかった？」

「‼」

励ますでもなく、ごく自然にそう言われ山本がハッとする。

「いつの間に練習したの？」

「アザース‼」

山本が深刻そうな顔から一転し、嬉しそうに応える。嘘がないストレートな言葉は人の心に響くのだ。

「さすがですね……」

第2セットを取られて少し重くなっていたチームの空気が軽くなった。それを感じた直井の感心したような声に猫又も「ん……」と頷く。

「チビちゃんのオープンタイミング気をつけるぞ。さっきのは良かったから」

続けて犬岡にアドバイスした黒尾に研磨が「それもう言った」と冷静に突っこむ。

「あっそう！　……？　なんだよ？」

研磨からの視線に黒尾が気づく。研磨がストレートに言った。

「よくしゃべるなあと思って」

「突然のパンチ」

突然の口撃(こうげき)に黒尾は少し引きながら突っこむ。研磨は気にする様子もなく幼(おさな)なじみを見上げながら、バレーボールを始めたときのことを思い出していた。

(クロは人をその気にさせるのがウマイ。今も昔も)

7 始まり

【烏野高校】

田中龍之介
2年／WS
好物：メロンパン

西谷夕
2年／Li
好物：ガリガリ君ソーダ味

縁下力
2年／WS
好物：ホヤ酢

木下久志
2年／WS
好物：紅しょうが

成田一仁
2年／MB
好物：すし（タマゴ）

黒尾が研磨の家の隣に引っ越してきたのは小学生の頃だった。

今ではとても信じられないが黒尾は研磨よりも人見知りで、お互い探り探りの日々があった。研磨に誘われるままゲームをしていたが、いつも同じゲームをしていたので、ある日「何かやりたいやつないの？」と訊いたらバレーボールに誘われた。

ゲームでという意味で訊いた研磨だったが、バレーボールを手に嬉しそうにしているので無下に断ることもできず近所の河川敷でバレーを教えてもらうことになった。

「あ」

研磨は飛んできたボールをうまくレシーブできず、転がっていくボールを追いかける。

「おしいおしい！　手はこう！　ここに当てるとちゃんと飛ぶから！」

アンダーレシーブの手の形をしながら楽しそうに教えてくる黒尾に、ボールを拾いながら研磨は言う。

「……バレーできる人探せば？　シロウトとやってもつまんないでしょ？」

もともと運動するのは得意ではないし、黒尾がバレーが好きなのは十分伝わってきたので、それと同じ熱量の子とやったほうが楽しいだろうと思う研磨に黒尾はブンブンッと首を振る。

「つまんなくない！　覚(おぼ)えるの早い！　頭いい！」

ビシッと指を差されてそう言われて研磨はまんざらでもなく照れながら言った。

「そ、そう……？」

ホメ言葉に浮かれている研磨に黒尾は迷っていたが意を決したように口を開く。

「……な、なぁ土曜日空(あ)いてる？」


黒尾に誘われてやってきたのは地元の市民体育館だった。バレーの子ども教室だ。

「…………」

体育館では小学生から中学生の子どもたちが大人の指導者に教えてもらったり、子ども同士組になってパス練習をしている。その光景に黒尾は目を輝かせた。

「？……やぁ、見学に来たの？　一緒にやる？」

「！」

黒尾たちに気づいたコーチが声をかけてくる。ハッとしていた黒尾は力強く頷(うなず)く。

レシーブ練習の列に加わって、コーチが投げたボールを黒尾がレシーブする。きちんと正面で受けたボールはキレイに返った。

「おお～上手上手！」

褒められた喜びとキレイに返せた嬉しさに、黒尾はピョンピョンと気分良さそうに後ろへ下がる。

「……あっちのほうがカッコいいけど、あれはやんないの？」

研磨は戻ってきた黒尾に隣のコートを指さし言った。隣のコートではネット前に立っているコーチが上げたボール向かって中学生がジャンプして打っている。

「あれはスパイク！　かっこいいだろ！」

キラキラした目で言っていた黒尾が少しシュンとする。

「……でも背が大きくないと打てないから……」

羨ましそうにスパイク練習を見ている黒尾に声がかけられる。

「じゃあネットを下げればいい。最初こそまずは『できるヨロコビ』じゃないかい？　好きこそ物の上手なれ～ってな」

ふたりが振り向くと、猫背の男が目を細めて練習を見ていた。ふたりは「好きこそ物の上手なれ」の意味がわからず顔を見合わせきょとんとする。

小学校低学年生のスパイク練習は簡易的な低いネットですることになった。

黒尾がネット前に上げられたボールに向かってジャンプし振りかぶるが、タイミングが合わず空振りしてしまう。ボールが顔面ヒットしてしまったり、当ってもネットに引っかかったりとなかなかスパイクを打つことができない。

けれど黒尾は少しもめげることなく練習を続けた。

研磨はそんな黒尾の様子を体育館の隅で休憩しながら眺めていた。

「フー……」

黒尾が自分を落ち着かせるように大きく息を吐き、ネット前に走りこんでジャンプし振りかぶる。

バシンと手がボールを打った。

「……!!」

興奮と喜びが黒尾の顔に浮かぶ。

「あたった〜!!」

「ナイススパイク！　完璧だったよ！」

「ありがとうございます!!」

大喜びする黒尾を研磨はぼーっと見ていた。

（ほんの小さな出来事だ。でもクロはこの日を忘れないんじゃないかなってなんとなく思

った）

研磨はそっと体育館を後にする猫背の男をなんとはなしに見送る。

それが猫又とふたりの出会いだった。

それからできる喜びを知った黒尾のバレー好きが加速していった。

「研磨！　バレーしようぜ!!」

「研磨！　バレー!!」

「研磨!!」

「研磨!!」

「……あ、うん」

研磨に人見知りをする黒尾はもうどこにもおらず、ほぼ毎日黒尾は研磨をバレーに誘いにやってくる。研磨も多少のうざったさは感じつつもう慣れたもので、着替えている最中にドアを開けられても文句を言うこともない。

少しして新しいバレーボールチームに入った黒尾だったが、それでも近所でバレーの話をする友達は研磨だけだった。だから雨の日などは、録画したバレーの国際試合を鑑賞した。

「クソ〜〜〜……!!」

「ッシャ〜〜!!」

黒尾は応援している日本のサーブが入らなければ悔しがり、点が入れば大喜びして見ていた。だが研磨は一喜一憂することなく、ただじっと選手たちの動きを集中して観ていた。

何時間も観ていてさすがに睡魔に襲われ始めた黒尾の横で研磨がハッとする。

「！　……今！　見たの見た⁉　ライトのほう一瞬見て、そっちに上がるかと思いきや、レフトに上げた！」

興奮する研磨とは逆に、窓の外の様子に気づいた黒尾は言う。

「雨あがったし、見るのもういいから外行こうぜぇ〜」

「クロが持ってきたんじゃん。ねぇ、先週見たやつ、もっかい持ってきてよ」

「えぇっ⁉」

驚いていた黒尾が真面目な顔で改まったように口を開いた。

「……研磨、やっぱお前セッターになれよ！　参謀って感じでカッコいいぞ……！」

「！　……参謀……！」

そのカッコイイ響きに研磨はときめく。言葉の詳しい意味はわからなかったが、作戦を立てみんなを動かす役割だと雰囲気で感じ取った。そんな研磨に黒尾が続ける。

「それにセッターはあんまり動かなくていいポジションなんだぞ」

そう言われて、まんざらでもなさそうな研磨だったが、それが大嘘だと気づくのはそう遠くなかった。

「はやく！　公園とられる！」

黒尾は他の子ともすっかりうちとけ、研磨抜きでも遊ぶことが多くなっていた。

ある日、友達と公園にサッカーをしに行く黒尾に研磨の父親が声をかける。

「あ、鉄くん！　や〜、たまには研磨もサッカー連れてってくれないかな〜なんて……」

部屋でゲームばかりしている研磨を心配している父親の言葉に、黒尾は考えこんでから口を開いた。

「……でも、研磨は行きたくないと思う。俺、『行きたくない』のもよくわかる。ちょっとでも行きたそうだったら、絶対連れてくけど、研磨はそうじゃない。でも、研磨は好きなことなら一生懸命やるから大丈夫」

「……そっか……！」

真剣に応えた黒尾に父親も納得したようだった。

「…………」

研磨もそれを玄関近くの階段でこっそり聞いていた。

自分をわかって認めてくれている存在が研磨の心をわずかに温かくした。


「……クロがただのパリピ風野郎なら一緒にやってない」

小さい頃のことを思い返していた研磨がぽろっと本音をこぼす。

「えっ、なんでさっきから切りかかってくんの？」

続けざまの口撃に黒尾が驚く。研磨は続けた。

「確かに俺はできるなら汗かきたくないし、練習よりゲームしたいときもあるし、バレーはやるより見るほうが好きかなって思う」

そう言う研磨の脳裏に、ふと合同合宿中の光景が浮かぶ。

体育館の入り口で休みながら、日向と影山の個人練習を眺めていた。日向と影山は休憩時間でも飽きずに練習している。

自分とは違う種類の人間。けれど嫌いじゃない。興味深く、むしろ尊敬さえしている。

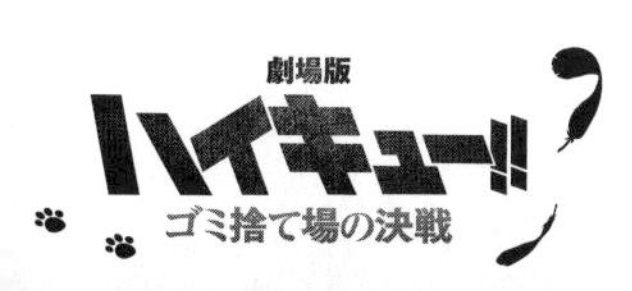

いつのまにかやってきていた黒尾が研磨に手を差し伸べてくる。

ピーッ。第3セット開始の笛の音が会場に響いた。

「でも……さてとやらなくちゃって思うのは悪くないよ」

そう言いながら研磨がゆっくりと立ちあがる。

「っしゃああ〜〜!!」

山本が雄叫びをあげる近くで、海の動作に反応し「やります!!」と言う犬岡。海が「大丈夫」と言い、リエーフは夜久に背中に乗ってもらって腕立てふせをしながら叫ぶ。

「……もっとください!!」

「もっと?」

「もっと!!」

そんななか、すっかり復活した山本が「ストレートのトラと呼ぶがいい!!」と自信をみなぎらせた。黒尾はそんな面々を見てあきれたように笑った。

「……どいつもこいつも自由かよ……」

両校の応援も運命の第3セットを前に気合いを入れ直すように盛りあがった。

「がんばれ〜!」

「絶対勝てよ〜!」

音駒チームが円陣を組む。互いの背に添えられた手が熱く、より強固な円を繋いでいる。

黒尾がみんなを見渡して笑顔で言った。

「しんどい時間は越えてきた。ごほうびタイムだ！」

みんな、その言葉に今までの辛い練習が蘇る。体力の限界を超えながらキツい坂道を駆けあがったこと。練習試合で負けた罰ゲームのこと。数えあげればきりがない辛い思いは、振り返れば全部が愛おしい。

そしてそのすべてをぶつける時がきた。黒尾の言葉にみんなのやる気があふれる。

「〜〜〜!!　フゥ〜〜!!」

テンション高く飛び跳ねて喜ぶ音駒チームを見て、日向、田中、西谷がハッとする。

「よくわかんないけどつられて……」

そう言う日向に続いて烏野チームのテンションもあがる。

「フゥ〜〜〜!!」

辛い時間を越えてきたのは烏野も、そしてこの大会に出場しているすべてのチームも同じなのだ。

両チームがいざコートに入っていく。

『そんでこのごほうび』

歩きながら黒尾は澤村（さわむら）を見た。澤村も黒尾を見ていた。
『俺たちどちらか』
ふたりは互いに指さしながら食えない笑（え）みを浮かべた。
『これで最後』
テンション高くコートに入った面々がそれぞれのポジションにつく。
これから最高のバレーボールをするために。

音駒

第3セット

【音駒高校】

猫又育史
監督

直井 学
コーチ

山本あかね
猛虎の妹
好物：そぼろごはん

灰羽アリサ
リエーフの姉
好物：おすし（ウニ）

第3セットは開始直後から怒濤のラリーが続いた。

ネット前で跳ぶ日向に研磨、リエーフ、山本がブロックに入る。

「レフトォ!!」

しかし影山がトスを上げたのはレフト側でジャンプし振りかぶっている田中だった。先に気づいた研磨に続けてリエーフが田中のブロックに向かうが、そんなふたりの間を抜けて打ち下ろされたスパイクが音駒コートに叩き落とされる。

「っしゃあああ!!」

得点に烏野チームが沸く。


「なんだコラ」

「やんのかコラ。シティボーイコラ」

初対面では一触即発だった山本と田中は、今はすっかり心の友になった。

リエーフがスパイクしようと振りかぶる前に日向と澤村がブロックに跳ぶ。けれどリエーフは日向のブロックの上からスパイクを打ち、すぐさま点を取り返した。

「よっしゃー!!」

喜びの声をあげる音駒。リエーフがガッツポーズをする。

「俺は音駒のエースだからな」

そう自称していたリエーフは、今はすっかりエースとして頭角を現している。

「前っ!!」

研磨が打ったサーブが田中と日向の前方のイヤなところに落ちてくるのに対して澤村が声をかける。ふたりはあわてて前に出て、田中が前のめりになりながらレシーブした。し

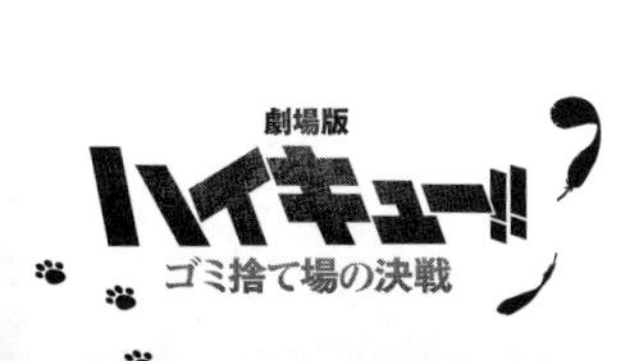

かし田中は膝をついてしまい即座に立ちあがることができない。その様子を見ながら構える研磨は烏野の攻撃が乱れたことに笑みを浮かべる。

「ナイスレシーブ！」

西谷が声をかける。日向が言った。

「オープン⁉」

「センター」

トスの直前、影山が指示を出す。高く高く上がったボールを見上げながら日向がネット前へと駆けだした。ドンと強く踏みこむ日向に対して、ブロックに構えているのは海とリエーフと山本だ。

「せ〜の‼」

リエーフのかけ声に合わせて跳ぶ。

「おれは先にてっぺんまで跳ぶ‼」

リエーフと競うようにそう宣言した日向は、宣言どおりリエーフより先にてっぺんまで跳んでいる。

スパイクを打とうとした日向はリエーフと山本の間に隙間を見た。日向はその間を狙いスパイクを打ち抜く。そのわずかな隙間を抜けたボールを待ち構えていたのは夜久だった。

「！」

西谷が完璧に上がったボールに目を見開く。

「ンラァ！」

日向と澤村がブロックに跳ぶが間に合わず山本がスパイクを決めた。

「よっしゃ〜〜‼」

「ナイスキー山本、いいぞいいぞ山本、押せ押せ山本もう一本‼」

得点し、音駒チームと応援団が盛りあがるなか、烏野ベンチではあまりに鮮やかに決められ繋心がブチギレていた。

「対応はぇえ〜んだよ！」

日向なら抜いてくると、夜久がわざと作らせていたブロックの隙間。打ちこまれた獲物を完璧に仕留めるその姿に西谷がシビれた。同じリベロとして悔しくも強烈に憧れるその実力。

「クソクソクソクッソかっけぇっ……‼」

「3番さんのレシーブ、すごかったッス！」

西谷は初めて音駒と練習試合をしたときから夜久に憧れ続けて、高みを目指している。

音駒からの奥へ行きそうなスパイクに西谷が横から飛びこんでレシーブする。西谷は、そのまま流れるように移動して、その後ろにいた東峰の前を空けた。

「ナイスレシーブ！」

影山がそう言いながらトスの体勢に入り、東峰はボールを見上げながらネット前へ駆けだす。

夜久が西谷の動きにハッとする。後衛の東峰がアタックするために邪魔にならないよう即座に道を空けたのだ。バレーボールの根幹、次に繋げるための動き。

その間に東峰が強烈なバックアタックを夜久と研磨の間に打ち落とした。

「よっしゃ〜〜!!」

喜ぶ烏野の中にいる西谷を夜久は笑顔で見た。

(あれからずっとお前は怖えな、夕)

元から相当レベルの高いリベロなのに慢心することを知らない。

「旭さんナイス!!」

スパイクを決めた東峰と喜び合ってから西谷が交代のためコートを去っていく。その背を夜久は見送った。

敵であると同時に、互いが互いの師。それを好敵手というのかもしれない。

そして交代で入ってきたのは月島だ。ネット前で待っていたかのような黒尾と視線を合わせる。

「ちょっとブロック跳んでくんない?」

「あ、僕もうあがるので」

「今日もスパイク練習つき合わない?」

「すみません。遠慮しときます」

飛べ

長期合宿で始めは消極的だった月島も、山口に活を入れられブロック練習に身を入れることになった。

「ブロック、極力横っとびすんな！　間に合うときはちゃんと止まって」

月島は黒尾からのアドバイスを思い出しながらジャンプのために膝を深く曲げる。

「上に跳べ」

そう呟いて、東峰とともに海のスパイクに合わせてジャンプする。前に出した手にボールが当たり、鋭く音駒コートへ。しかし夜久がとっさに手を伸ばしてなんとか拾った。

「ナイスブロック!!　チャンスボール!!」

そのまま返ってきたボールにウォームアップゾーンから菅原たちが叫ぶ。東峰がアタックするがブロックに跳んだ黒尾の手に当たった。黒尾が叫ぶ。

「ワンチィ!!」

「ナイスワンチ!!　チャンスボール!!!」

音駒のウォームアップゾーンも声を張りあげる。研磨のトスに山本がネット前でジャンプし振りかぶるが、影山と月島がブロックでふさぐ。

「……！」

ブロックのプレッシャーに、山本は強打を諦めフェイントでゆるやかに短くボールを落とす。しかしそれに田中が飛びこんで上げた。だが思うように上がらず「スマン！」と田中が謝る。ボールはちょうどネット上へ。月島と黒尾がそれに向かってジャンプし手を伸ばす。

空中で黒尾と月島がボールを相手コートに落とそうと力で押し合う。だが僅差で黒尾に軍配があがり、落とされたボールは烏野コートに落ちた。

「僕は純粋に疑問なんですが、どうしてそんなに必死にやるんですか？」

そう黒尾たちに問うていた月島。今は自分も必死にボールを追っている。

「ハァハァ、ツッキーあんま頑張んないで！　ラリー続くと、疲れるでしょ⁉」

「ハァ、ハァ、黒尾さんが頑張んなきゃすぐ、終わるんじゃないですか⁉」

黒尾と月島が息も絶え絶えに言い争う。それを見ていた海も息があがっているのににこやかに言った。

「ツッキーも疲れてくるとキレるタイプかな」

「つーか半分は木兎とオメーのせいだろ」

夜久に言われ黒尾は「ウグッ！」と言葉に詰まる。その言葉に月島がハッとして一歩前に出て少しニヤッと笑って黒尾に言った。

「どうもおかげさまです」

素直じゃないようで素直な月島の言葉に黒尾がギクッとした顔になる。

「！　……こちらこそです」

そう言って移動する黒尾を月島は見送る。


「スイカの種飲みこむと腹で発芽するって知ってた？　放っておくと突き破って」

「そうですか、気をつけます」

「なぁ知ってる？　木兎のさ……」

「たぶん知らないですけど大丈夫です」

長期合宿中、素直じゃない月島に面倒見の良い黒尾はちょっかいを出し続けた。

「木兎」

「黒尾!!」

黒尾が木兎の、木兎が黒尾の髪型を真似して日向と月島に披露する。

「ウェーイ」

「ヘイヘイヘーイ」

それぞれの特徴をまねているふたりに、日向は吹き出し、月島は笑いをこらえる。

「ブフッ、ゲホッゲホッ」

「ブフッ！　クククク」

本当に自由奔放な木兎と、案外気遣い屋の黒尾たちと月島は徐々に打ち解けた。

「指の先まで力を込めろ。絶対にふっとばされないように」

「スパイカーと1対1のときは基本的に相手の体の正面じゃなく、利き腕の正面でブロックするといいぞ。いいか小僧！　リードブロックは我慢と粘りのブロックであると同時に最後に笑うブロックだ」

月島は優秀なブロッカーである黒尾からテクニックを教わり、その身に叩きこんだ。


田中のレフト側のスパイクに研磨と黒尾が跳ぶ。ブロックのプレッシャーに田中はラインギリギリを狙わされる。そしてストレートに打ったスパイクはアウトになった。

「ハゥア！」

「シャアアアア!!」

思わず頭を抱える田中とガッツポーズで喜ぶ黒尾。

スコアボードの得点は音駒6対、烏野6。

「ドンマイ!」

声をかける東峰の前で月島は悔しそうにボールがバウンドしたあたりを見ていた。そんな月島に黒尾がサーブへ向かいながら言った。

「ツッキーの徹底ネチネチブロックにさ、皆が腹立つワケじゃん」

「…………」

ムッとする月島に黒尾が薄く笑って続ける。

「そんでさ、良かった間違ってなかったんだって思ったんだよね」

挑発めいた言葉の裏にある自分のブロックへの自信が表れていて、月島、澤村、西谷が警戒を強める。

音駒チームでは夜久と交代でリエーフがコートに入った。黒尾がサーブに入る。仕留めにきているだろう黒尾に、点を許すまいと烏野が気を引き締める。常に点を取られないようにしているが、とくに取られてはダメな一点がある。その一点を取られたことによって、相手チームが勢いに乗るからだ。

黒尾が打つ。目にもとまらないような速いサーブを澤村がなんとかレシーブで上げた。

「頼む！」

託す澤村の声を受けながら影山がトスの体勢に入る。ネット前でリエーフがその影山の手を瞬きもせず見つめていた。

「レフトォ！」

田中が叫びながら跳び、月島も跳ぶ。しかしトスが上げられたのは後方でバックアタックに跳んだ東峰だった。

「！」

東峰がハッとする。ブロックに跳んだ研磨とリエーフの手が視界に飛びこんできたからだ。

月島と同じように黒尾に叩きこまれたリエーフのブロックを東峰が避けアタックする。だがそこで待ち構えていたのは黒尾だった。強烈なボールを身体をひねりながら衝撃をいなしキレイにレシーブを返した。

悔しがる東峰の前で振り返ったリエーフがしてやったりとばかりに笑う。ブロックでアタックのコースを絞り、完璧にレシーブする。チームワークがハマった瞬間に黒尾が気持ち良さそうに「ハッハ〜!!」と笑って声をあげた。

(あぁクソ、勝てない)

やられても見ていて気持ちの良いプレーに、月島も思わず悔しさの中に思わず笑みが浮かぶ。

「センター!」

研磨がトスに備える。それに合わせてリエーフがアピールしてネット前に走ってくる。けれどトスが上がったのは、リエーフを囮に後ろから出てくるようにジャンプし振りかぶった黒尾だった。黒尾がボールを打った瞬間、遮るように表れたのは月島の手。バチンと当たってボールが上がる。振り向きながら月島は思った。

(競えるとしたらネット際だけ)

「チャンスボォール!!!」

谷地が声の限り叫ぶ。影山はネット前でボールを見上げながら、ブロックに備えるリエーフのプレッシャーを背中に感じていた。

(怖えな)

(怖いからこそ)

阿吽の呼吸のように月島がネット前に走って、トスの構えに入る影山とともにジャンプ

する。

その思惑に気づいた研磨がハッとした。

(思考の猶予を与えない、最短、真ん中、高さ勝負)

リエーフがあわててブロックに跳ぶが月島は間に合わさせない。月島が打ったスパイクが音駒コートに叩き落とされる。

『最近のバレーはどうだい?』

黒尾にそう聞かれたことを思い出し、月島は心から楽しそうに笑った。レシーブに飛びこんだが間に合わなかった黒尾が床で悔しそうにしながらもニヤリと笑みを浮かべる。チームプレーが決まる瞬間はいつだって気持ちが良い。

「ナーイスキー蛍、いいぞいいぞ蛍、押せ押せ蛍もう一本!!」

盛りあがる烏野の応援。研磨は荒い息を整えながら、初めての練習試合後の日向との会話を思い出していた。

『研磨!』

『翔陽』

『この前、道で会ったとき、特別バレー好きじゃないって言ってたよな』

『あ……うん……』

バレーに対する日向との熱量の差に、どこか申し訳ないような気持ちで研磨は応えた。

バコンと大きな音を立てた影山のサーブが狙いどおりネットに当たる。ポロリと音駒コートに落ちてくるボールにハッとする音駒一同。海がとっさに飛びこんでなんとか上げた。

「チャンスボ～ル！」

そのまま返ってきたボールに西谷が叫んで上げる。ボールを見上げながらすぐさま日向がネット前に駆けだす。リエーフと山本がブロックに跳ぶが間に合わせず、日向は飛んできたトスを素速くスパイクする。

「……!!」

顔面に迫ってくるボールに研磨は咄嗟に両手で防いだ。弾かれたボールがコート外へ向かう。

「カバー!!」と山本が叫ぶ。福永が走り飛びこんでなんとか拾った。リエーフが声をかける。

「ナイスカバー!!」

上がったボールを見ながら烏野が攻撃に備えて後退するのを、ネット前にやってきていた研磨がチラリと見た。そして狙った緩いボールを返す。

「!!」

日向と田中がハッとする。裏をかかれたボールは空いた前方へ落ちてきた。日向があわてて飛びこんでなんとか上げたボールはネットの上に。研磨はジャンプしてそのままボールをダイレクトでまだ倒れたままの日向の前方に落とす。

「フンギャ!!」

日向は根性で身体を伸ばし片手でボールを上げたが低かった。すぐに田中が飛びこむが間に合わず烏野コートに落ちた。

「よっしゃー!!」

「ナーイスキー孤爪、いいぞいいぞ孤爪、いいぞいいぞ孤爪もう一本!!」

得点に沸く音駒応援団。そんななか、倒れたまま日向は悔しそうに研磨を睨み、そして研磨はそんな日向をドヤ顔で見下ろす。

その近くで山本はそんな研磨の様子を興味深そうに見ていた。

あまりにタイプの違うふたり。人づき合いが苦手な研磨が日向と難なく付き合っているのが少し不思議に思えて聞いたことがあった。

『なんかお前らって不思議だよな。う〜ん……ライバルなのか？』

『え？　べつにふつうに友達だけど』

　さらりと応えた研磨。

　ふたりはまるで無邪気（むじゃき）な子どものように遠慮もなく、ただただ自分の欲求のまま真剣に
バレーというナイフを武器に戦い合っている。自分の心に対して素直でいる者同士だから
こそ容赦（ようしゃ）なく切りつけ合う。相手のことを認めているからこそ倒（たお）したくてたまらないのだ。

立ちあがった日向と研磨がネット越しに強気な笑顔で睨（にら）み合う。

ピーッ。音駒の選手交代を知らせる笛が鳴った。

海と交代でコートに入ってきた犬岡（いぬおか）を山本とリエーフが「イェ〜!!」と歓迎する。

ベンチでは猫又（ねこまた）が1年の手白球彦（てしろたまひこ）に声をかけていた。

「リエーフがサーブのローテで交代な。球彦、いけるか？」

「いえ、準備不足だと思います」

　手白は臆（おく）せずキッパリと答えた。コートでスパイクを決める黒尾を見ながら猫又（ねこまた）は
飄々（ひょうひょう）と続ける。

「そうかもねぇ、お前の正直なとこ良いよねぇ。そしてそれを言える度胸と冷静さがお前

の武器だ。行っといで」

ピーッと選手交代を知らせる笛が鳴り、リエーフと交代で手白がコートに入る。

「球彦ナイッサー!!」

手白は交代するリエーフに声をかけられながらサーブ位置に向かう。小走りで移動しながらコート内の研磨を見た。

(セッターである俺がピンチサーバーとして入るってことは、最後までセッターは孤爪さんでいくってこと。いつもならもうバテてる頃だと思うんだけど……)

研磨は荒い息を整えながらも、じっと烏野コートから目を離さない。


スコアボードの得点は音駒17対、烏野18。

「球彦頼むぞー!」

「ナイッサ一本!!」

「ナイッサー!」

夜久、犬岡、山本が声をかけるなか、手白が高く高くサーブを上げた。天井サーブだ。

「オーライ!!」

澤村の声に田中が「っねがいしぁす!」と託す。澤村は照明に邪魔されるボールをなんとかオーバーでレシーブしたが少し左にずれてしまう。

「スマン！」と謝る澤村。影山がすぐに落下地点に向かいながら叫んだ。

「東峰さん！」

東峰が上がったトスにネット前に走る。

「せ〜の!!」

東峰の向かいで犬岡と黒尾がブロックに跳ぶが、威力あるスパイクは黒尾の手を弾きボールはコート外へ飛んだ。得点を確信して冴子が叫ぶ。

「いよっ……！」

だがそれは途中で止まる。福永が走ってフェンスを越えつつ飛びこんでコートに戻したのだ。

ファインプレーに観客たちが驚くなか、研磨はネット上に落ちてくるボールを見上げながら考えていた。

（ネット越える……叩かれる、どうする？　オーバーネット誘う？　リバウンドとる？　戻す？）

グッとためてジャンプした研磨がボールに手を伸ばす。その瞬間、同じくジャンプした黒尾と目が合った。

「‼」

ふたりで子どもの頃さんざん練習した攻撃だとお互い察知し、短く上げたトスを黒尾が素速く打ちこんだ。ボールは西谷の顔面へ。西谷はとっさに顔面に腕を上げてレシーブした。

「うおらぁああぁ‼」

吠える西谷に、完璧なタイミングで攻撃が決まったと思った研磨と黒尾が悔しさをむき出しにする。

「こいやぁあああああああ‼」

その間に後退していた日向が叫んでネット前に駆けだした。影山がトスの体勢に入る向かいで山本と黒尾と犬岡がブロックに備える。

上がったトスにジャンプする日向にブロック三枚が立ちはだかる。けれど空中で日向はブロックの後ろの空いた空間を見た。スパイクを打ち抜くつもりだった手をボールに触れる直前で力を抜く。フェイントだ。

黒尾・犬岡が引っかかってしまったと驚き、影山・月島が決まったと笑みを浮かべる。

しかしそれに研磨が反応して駆けだしていた。

(読まれた！)

影山がハッとする。研磨はボールを見上げながら確信する。

だが日向の打ったボールはコートの後方へ飛んでいく。研磨がよんでいると本能で感じ取ったのだ。

（殺（と）った）

自分の頭の上を越えていくボールに研磨は必死で叫びながら手を伸ばす。

「おあああああああああ!!」

なんとか指先に触れたボール。けれど捉（とら）えることはできず、そのまま後ろへ飛んで落ちた。

あがる息で着地した研磨。日向もネット越しに荒い呼吸を繰り返す。

研磨は力が入らないかのようにパタッと床（ゆか）に倒れこんだ。頰（ほお）に床を感じながら初めて練習試合をしたあとの日向に言われたことを思い出していた。

『今日は?? 勝ってどう思った?』

『次は……絶対必死にさせて……「べつに」以外のこと言わせるからな!!』

日向は自分とバレーボールを一緒に楽しみたかったのだと今さらながらわかった。

倒れたままの研磨を心配して黒尾が近づく。

「おい研磨、大丈夫（だいじょうぶ）か!? どっかやったか!?」

研磨はそのままの姿勢で荒い息を繰り返しながら薄く笑って言った。

「たーのしー」

独り言のようにこぼれたその言葉にコートの全員がポカンとする。その言葉があのときの返事だとわかった日向が大きく息を吸いこんで会場中に響き渡るような雄叫びをあげた。

「んあああああっ!!!　しゃあああああああああああ」

まるで優勝したかのような日向の喜びように、観客やアナウンサーたちがきょとんとする。驚いていた黒尾はゆっくりと腰に手を置き、そして心底楽しそうに笑った。

「フッ、ハッハハハハッ」

ひとつのボールをみんなで繋ぐ。そんな単純なことがとても楽しいのは全力で夢中になっているからだろう。


スコアボードの得点は音駒17対、烏野20。

音駒がタイムアウトを取り、両チームはそれぞれのベンチに集まっている。その間も終わりが近づいているのを会場中が感じているように両チームの応援は熱くなっていく。

ヘロヘロの研磨がベンチに座りながら言った。

「……瀕死（ひんし）の勇者を回復して戦わせて、ときには戦闘不能を蘇生（そせい）して戦わせて。俺、これからもうちょっと勇者にごめんねって思って戦おうと思う」

そう言って研磨は反省しているように頭を下げる。笑みを浮かべながら聞いていた黒尾と隣の山本、犬岡と夜久も全員同じことを心の中で突っこんだ。

（瀕死にはさせるんだな……）

「大丈夫」

研磨の隣の福永が続ける。

「バレーではあんまり人死なない」

「ふっ」

研磨が小さく吹き出したとき、タイムアウト終了の笛が鳴った。

それぞれの横断幕（おうだんまく）に書かれた『飛べ』と『繋げ』の文字を背負い、試合が再開された。

山本のスパイクに東峰と月島がブロックへ跳ぶ。ふたりの手に当たったボールが後方へ。

「オーライ！」

田中がボールを繋ぐと同時に、トスの構えに入る影山以外がネット前に駆けだす。

（シンクロ攻撃オール!!）

振りかぶる月島を越し、東峰にトスが上がる。しかし東峰のスパイクは黒尾のブロックに当たり、音駒コート後方へ飛んだ。黒尾が叫ぶ。

「ワンチ!!」

夜久が飛びこんでボールを上げる。山本が「ナイスレシーブ!!」と声をかけるなか、研磨は上がったボールを見ながら、同じように一心にボールを見上げているだろう日向のことについて考えていた。


(今、翔陽が思ってることたぶん俺わかる。敵を倒すべく死にかけの自分を操りながらいつも矛盾したことを考えてる。まだ死なないでよ)

動き続けた体は重く息も絶え絶えだ。一度倒れたら、もう二度と立ちあがれないんじゃないかと思うほど疲れている。それなのに頭は妙に冴え冴えして、それでいてからっぽに近づいていくような感覚に支配されていくのがとてつもなく気持ちが良い。

夢中になっているこのときが永遠に続いてほしい。


「レフトォ!!」

山本がトスを呼ぶ。研磨はボール下に走りながらジャンプし、トスを上げる。澤村と月島がブロックに跳ぶが、山本のスパイクはラインぎりぎりにキレイに決まった。

「研磨ァァァァァァ!!」

山本が指さしながら歓喜の雄叫びをあげるが、疲れている研磨はそれどころではない。

(まだまだ)

終わりたくない。そんな想いと裏腹に試合は加速していく。

東峰のスパイクを黒尾と犬岡がブロックで阻止する。

黒尾が月島のブロックを避けスパイクを決める。「シャアアアアア!!」とガッツポーズで喜ぶ黒尾の前で月島は悔しがる。

猛追に音駒応援団も大盛りあがりだ。

黒尾が打った強烈なジャンプサーブを澤村がなんとかレシーブで上げる。

「ナイスレシーブ!」

そう声をかけながら影山が落下地点へ移動する間に、月島がネット前に駆けだしジャンプする。月島に合わせてリエーフもブロックに跳んだ。しかし影山は落ちてきたボールをそのままツーアタックで音駒コートに落とす。

点を取り返し烏野応援団も大喜びだ。

研磨はハァハァと荒い息をしながら上がったボールを見上げる。見上げながらトスを上げるため伸ばした手を直前でツーアタックに切り替える。ツー返しだ。月島があわてて飛びこむが間に合わず悔しそうな顔で研磨を見上げた。

　意表をつくプレーに観客席で大喜びする美華の隣で、大将は激しい苦笑いを浮かべる。

小鹿野たちも意趣返しのようなプレーに驚き、沸いていた。

　福永がサーブを打つ。

「前!!」

　澤村のかけ声に日向がボールをレシーブで上げた。影山が声をかける。

「オープン!」

　影山が高く高く上げたトスに駆けこんだ日向がドンと強く床を踏みしめジャンプする。

研磨は山本、リエーフと一緒にブロックに跳んだ。空中で研磨が見上げる前で日向は力強くスパイクを打つ。ボールは研磨の手の上を通り過ぎて音駒コートに叩き落とされた。

「いいぞいいぞ日向!　押せ押せ日向もう一本!!」

　研磨の荒い息は烏野応援団の声援にかき消される。終わりの時が近づいている。

仙台の病室でも終盤を感じているように全員集中してテレビを観ていた。

「影山ナイサー‼」

田中がサーブ位置に立つ影山に声をかける。

研磨は影山の動きを気にしながら、構えるメンバーを見て次の攻撃のため位置や様子を確認した。そしてサーブしようとしている影山に備える。

ピーッ。サーブ許可の笛が鳴り、影山が両手でボールを回したあと大きく息を吐いてから上に放る。そしてそれに合わせて助走してジャンプし強烈なサーブを打った。

「猛虎（たけとら）さん！」

リエーフが叫ぶ近くで山本が膝をつきながらレシーブする。ボールは高く上がった。

「スマン‼」

山本がネットを越えてしまうと思わず謝る前で、やってきたボールを田中がダイレクトでスパイクする。だがリエーフと研磨が左右からブロックに跳んでいた。リエーフの手がボールに当たり烏野コートへ弾く。だがその直後、空中でリエーフと研磨が激しくぶつかってしまう。

「‼」

体格差から吹っ飛ばされ床に落とされる研磨。揺れる視界で見えたのはボールの行く末。烏野コートで西谷がボールを追い、飛びこんでいる。なんとか上がったボールに影山が駆

け寄った。

「うわあああ研磨さ…」

研磨を吹っ飛ばしてしまいあわてるリエーフに、研磨はガバッと上半身を起こし腹の底から叫んだ。

「バカ!! ボールまだ落ちてない!!」

西谷が繋いだボールを影山が拾い、それに東峰が駆け寄りながら体をひねってなんとか返した。ボールがネットにかするように当たって音駒コートに落ちる。夜久が飛びこんで床につく寸前になんとか拾う。低く上がったボールに福永も飛びこんでレシーブで上げるがネット上へ。

跳んでいた日向がダイレクトでスパイクを打つが、リエーフにブロックされたボールは烏野コートにほぼ垂直に落ちる。しかし澤村がとっさに片手を伸ばしてレシーブで上げた。

西谷が声をかける。

「大地(だいち)さん! ナイス!!」

上がったボールがそのまま音駒コートに返ってきたのを見て、研磨は落下地点へと駆けだす。苦しい呼吸も構わず飛びこんで片手でレシーブした。汗が滴(したた)った床に研磨の苦しそうな顔が映(うつ)る。

（苦しい。しんどい）

「ラスト！」

研磨が振り向くと海も飛びこんでボールを繋げていた。落ちる寸前のボールに夜久が飛びこんでなんとか上げる。研磨は烏野コートに返っていくボールの行方を見ながら立ちあがり攻撃に備えた。

（終わらないでほしい）

「チャンスボール！」

菅原が叫ぶ。研磨は烏野コートを見た。烏野は万全の体制で攻撃に移れる状態だった。西谷がレシーブしてボールを影山へ上げたすぐ後に、日向がネット前へと走りだす。

「レフトォ！」

日向がネット前に跳び振りかぶる間に田中がトスを呼んだ。影山がトスを上げると同時に、前でじっと見ていたリエーフが田中の前にブロックに走り研磨とともにジャンプする。

「行けー!!」

繋心が叫ぶなか、ブロックに跳んでいる研磨の腕とアンテナの狭い間に田中が打った強烈なスパイクが打ちこまれる。研磨は着地しながらドンとボールが弾ける音を背中で聞いた。振り向くと海がレシーブでボールを上げていた。

会場がどよめく。高く高く上がったボールを全員がみつめる。

研磨は一瞬、合同練習の体育館で烏野と練習試合をしていた風景を見た。

狭い体育館でみんなでただバレーボールをしていた。

なにげないそんな光景は、過ぎ去ってからあれが青春だったと気づくのだ。

東京体育館に上がったボールが落ちてくる。研磨は落下地点でトスしようとボールを待ち構える。だがボールに触れた指が滑った。その光景に固まる音駒メンバーの中で、研磨は冷静に悟る。

（あ、汗か）

海と福永が飛びこむが間に合わずボールが落ちた。

音駒応援団から悲鳴があがる。間を置いて実況の羽柴が口を開いた。

「……汗ですね。ボールが滑ったんですね」

「ああ、なんという……！」

残念そうに嘆くアナウンサーに羽柴が続ける。

「ラリー中、ボールに触った全員の汗がついてますからね」

しかたないとも言えるハプニングに観客たちも呆気にとられていたが、健闘を讃えるように次第に拍手が起こる。そのなかで小鹿野たちは圧倒されて呟いていた。

「……すっげえなぁ……」

大将も突然の終わりをただ黙ってみつめる。

「田中さん、ナイッサー！　……あれ？」

日向が次のサーブの順番を思い出しそう言いながら振り返る。目に入ったのはスコアボード。

音駒21対、烏野25。影山が言った。

「終わりだボケェ」

烏野の勝利だ。

拍手に包まれていく会場に、黒尾は「んあ〜〜！」と声を出しながら屈(かが)んで後ろにドデーンと倒れこむ。見上げた天井のライトはやけに眩(まぶ)しかった。黒尾は息を吐き出してから上半身を起こして、また小さく息を吐いた。やっと動かなくてよくなった体がようやく脱力した。
そして座りこんだままの研磨に気づき後ろから近づく。研磨は向こうを向いたまま話し

だした。

「……俺たちが負けたところで勝ったところで誰も死なないし、生き返らないし、悪は栄えないし、世界は滅びない。壮大な世界をかけめぐるでもなく、ただ9×18メートルの四角の中でボールを落とさないことに必死になるだけ」

力を出し尽くした面々が、それぞれ座りこんだり寝転がったりしている。息はまだ荒く、ただ試合が終わった余韻だけがコートを支配していた。

研磨は幼いときを思い出す。黒尾に誘われなんとなく始めたバレーボール。いつのまにか誘われることが楽しみになっていた。

「はあ～面白かった！」

研磨は気持ち良さそうに床に大の字で寝転がる。閉じていた目を開けて自分を見下ろしている黒尾に言った。

「クロ、俺にバレーボール教えてくれてありがとう」

その率直なお礼の言葉に、聞いていた夜久、海、山本、福永が驚きに目を見開く。

「……あ、うん」

ポカンとしながら応える黒尾の前で研磨は重い身体をヨイショと起きあがらせる。まだまだ「は？」とポカンとしたままの黒尾を残して整列のため移動し始めた。

黒尾の目がうるっと揺らぐ。

「待て待て待てちょっと待てバカヤロウ!!」

涙をこらえるように顔をバッと押さえながら叫ぶ黒尾に研磨がビクッと振り向き、いぶかしげに言った。

「え、なにキレてんの……?」

「アッハハッハッハッハッ」

「ハハハハハハ」

その様子に夜久と海が大笑いする。黒尾も釣られたように笑った。

3年生は負けた時点で引退が決まった。それでもなんの後悔もない。

全力を尽くしてずっとバレーを続けてきた結果を教えてもらった気がしていた。好きなことを続けてきたその答えは、これからもずっと心に残り続けていくのだろう。

「整列!」

主審の声が響く。研磨はフラフラしながらすでに整列位置に立っている福永の隣に立つ。

そして明日のことを思って屍のように言った。

「あ〜〜俺今日絶対熱出ると思う……」

手白も整列に向かいながらリエーフに独り言のように呟く。

「……俺もコートに入りたい」

「？　入ったじゃん」

不思議そうなリエーフに手白は真剣な様子できっぱりと言った。

「ちゃんと入りたい。あんなふうにバレーやりたい」

全力を出し尽くしながらも、心から楽しんでバレーをしている人たちはとてつもなくカッコ良かった。試合に参加したからこそわかった、あの熱量。あんな熱を自分も持ちたい。強くなりたいと心からそう思った。

「ありがとうございましたー！」

両チームが整列し頭を下げたあと、握手のため小走りでネットに近づいていく。そんな両チームに会場中から惜しみない拍手が送られた。

「あんなにキレイにブロックの間抜けるのかよ」

正面の夜久から握手をしながら突然話しかけられ、ビックリした日向が応える。

「はい！　いいえ！」

「どっちだよ」

苦笑しながら夜久が突っこんだ。

白鳥沢の寮では、天童と試合を観ていた五色が真剣な顔で画面を睨んでいた。

「…………」

押し黙ったままの五色の様子に天童がからかうように言う。

「工、ネコチャンと戦ったらホームラン連発すんじゃない？」

「そんっ⁉　そんなこと……」

どうやら図星だったらしい五色に天童は続ける。

「つーか妖怪チビガラス、オープン勝負できるようになってたね～」

「負けません‼」

対抗意識に火をつけられた五色が思わず立ちあがり闘志を燃やした。

東京体育館では両チームの主将が主審と副審にそれぞれ握手をしたあと、澤村がネットをくぐり待っていた黒尾に近づく。片手で高校名のボードを持ちながら笑顔で抱き合い、お互いの健闘を讃えるように背を軽く叩いた。食えない笑顔はどこにもない。

西谷と夜久も固い握手を交わし、田中と山本は熱い握手を交わす。試合の終わったコート上で、それぞれが互いの健闘を讃えて握手やハグをする。

そんな光景に会場中がずっと拍手を送り続ける。離れて観ている仙台の病室でも拍手し続けていた。

武田が今までのお礼を込めて深く頭を下げながらにこやかな猫又と握手する。武田が離れると後ろに控えていた繋心が近づいた。

それを画面越しに見ていた一繋がスッと手を差し出した。気づいたゆうが不思議そうに一繋を見上げる。

テレビの中で猫又と繋心が握手をする。一繋も猫又もにこやかな笑みを浮かべていた。

長い時を経てふたりから始まった約束が叶い、そして終わった。

「ありがとうございましたー!!」

「ありがとうございましたー……!」

両チームがそれぞれの応援団に向かって頭を下げる。音駒チームではリエーフと犬岡が泣いて崩れ落ち、山本も膝に手をついて涙をこぼした。

そして猫又の前に集まる。猫又は変わらぬにこやかな笑顔で口を開いた。

「具体的な反省はこの後するとして、ナイスゲーム。ありがとう」

その言葉に固まる黒尾を隣の研磨がチラッと見上げる。

小さい頃、バレーボールをさらに大好きにさせてくれた恩師から褒められ、さまざまな感情がわきあがるが言いたい言葉はひとつだった。

「ありがとうございました!」

深々と頭を下げながら言った黒尾に選手たちが続く。

「ありがとうございました!!」

それを笑顔で見ている猫又の横で直井が涙をこらえるように顔を押さえた。

音駒高校、春の高校バレーボール大会三回戦敗退。烏野高校は次に駒を進めた。

「ハァ〜終わりか〜実感ねぇな〜」

コートから引きあげながらそう脱力したように言う夜久に黒尾もウンウンと頷く。それを聞いて海が穏やかな笑顔で口を開いた。

「……終わりだけど、この3年間が黒尾と夜久と一緒で良かった」

苦楽をともにした仲間からのストレートな感謝の言葉に、夜久と黒尾がビックリして固まる。見開いた目がとたんに潤んだ。

「っふざけんな海!! ふざけんなマジで!!」

「んも〜どいつもこいつも!!」

夜久と黒尾はバッと顔を押さえる。泣いてしまいそうな分だけ口が悪くなった。こらえきれず泣きだした夜久の背に黒尾と海が手を回す。大泣きする夜久に黒尾と海が大笑いした。

「お前ら屈めよ! 俺、足浮いてんだよ! また足やったみてぇじゃねぇかよ〜!」

夜久が泣きながら突っこむ。その後ろを歩いていた研磨に声がかけられた。

「研磨」

振り向くと日向が笑顔で立っていた。

「マ……」

「またやりましょう」

何か言おうとしていた日向より先にスッと間に入ってきた影山がそう言う。

「おい！　おれが今言おうとしてたやつ!!」

「あ？　知らねぇし」

憤慨する日向に影山が我関せずで言い放つ。言い返すより日向は驚いていた研磨に一歩近づき言った。

「研磨、来年もやろうな！」

研磨はわずかに笑みを浮かべて口を開いた。

「……うん、やろう」

その言葉に日向はニカッと笑い、影山は内心ワクワクした。

一度結ばれた縁は続いていく。

「研磨ー、行くぞ」

黒尾に呼ばれ「あ、うん」と振り向いた研磨は日向に軽く手を振る。

「じゃあまたね翔陽」

「おう、またな！」

研磨は疲れた身体でわずかに軽い足取りで走っていく。来年、またここで会うために。

そして

【烏野高校】

武田一鉄
監督
好物：肉じゃが

烏養繋心
コーチ
好物：玉こんにゃく

田中冴子
龍之介の姉
好物：ホームランバー

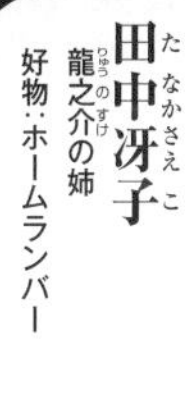

「Aコート早く終わりそうだな」

着替え終わった黒尾たちは梟谷学園の試合を観るため別エリアへやってきた。黒尾の言葉に夜久が続ける。

「だな。さすが優勝候補伊闥山……」

そのとき、会場図看板の前で黒尾が何かに気づいて立ち止まる。

「あ」

「あ」

向こうも同じように黒尾たちに気づいて立ち止まった。大将と美華だった。

「すご〜い！　近くで見るともっと大きいねー！」

「アイツ、トサカでサバ読んでるだけだから」

今まで試合で見ていた黒尾に気づいて小声ではしゃぐ美華に大将も小声で教える。黒尾が突っこんだ。

「聞こえてんスけど」

大将が美華にすまなそうに手を合わせる。

「ごめん、ちょっとだけいい？」

「いーよーいーよー！　私お土産見てくるね」

美華は快諾して販売コーナーへ向かっていく。そんな美華に大将は「ありがと～」と優しく声をかけるのを黒尾は真面目な顔で見ていた。美華が見えなくなってから大将も真面目な顔で振り返る。しかし次の瞬間、大将が大きく顔をゆがませて言った。

「敗者側へようこそ～!!」

腐った性根を表しているような底意地の悪い顔でユラユラしながら黒尾をあおる大将に、黒尾と夜久がキレる。海は変わらぬ笑顔だったが内心はイラッとしていた。

「おい誰か速くコイツの顔を撮れ！　ミカちゃんに見せるんだ!!」

黒尾が夜久たちを振り返りながら大将を指さす。

「まぁあんま落ちこむことねぇよ」

からかいつつ宥めるように言った大将がふと真面目な顔になる。

「一チーム以外ぜぇ～いん漏れなく負けるんだ。タイミングが違うだけ。大したことじゃない。まさか本気で優勝できるなんて思ってなかっただろ？」

またあおる大将の言葉に黒尾は考えこんで言った。

「……確かに100パーセント純粋に勝利を信じられる奴なんてなかなかいないよなぁ」

「なんだよ、もっとキレろよ。アオリ甲斐がねぇな！」

真面目に返してきた黒尾に憤慨した大将だったが、わずかにうつむく。その顔に浮かんでいるのは悔しさだった。

「……実際に優勝できるかできないかなんて関係ない。負けるからやらないなんてことはないし、勝てるからやるワケじゃない」

100パーセント信じきれていなくても心のどこかで縋るように1パーセントでも勝利を信じている。負けるつもりで試合に臨む選手はひとりもいない。

「わかってるわクソがっ!!」

急にぶちキレる大将に黒尾が携帯電話を取り出し録画する。

「大将くんお口、お口、録画すっぞ」

「勝手にアオっといてなにを勝手にキレてんだ？」

そう言いながら、あまりのキレっぷりに夜久が笑う。

「うっせ！　バ〜カバ〜カ」

「もういいの？」

さらにブチギレながらあおる大将の後ろに美華が戻ってきた。

「！！？　あ、うん!!　いつからいたの!?　お昼何食べよっか!?」

ビクーっと反応した大将があわてて美華に取(と)り繕(つくろ)う。

「う〜んオムレツかな〜」

「いいね!!」

冷や汗をかきながら去っていく大将を三人で見送る。

「なんだアイツ」と笑う夜久。黒尾は「面白(おもしろ)い奴だ」と言いながら携帯電話をポケットにしまった。海が「ふふ」と笑う。

「このへん、おいしい所いっぱいありそうだね〜」

いっぱいいっぱいになりながら去っていく大将を黒尾は見送る。性格が曲がった人間なりの励(はげ)ましだったのだろうと黒尾はなんとなく感じた。必死に戦った試合で負けた相手には勝ってほしい気持ちが芽生(めば)えるものだ。

そのとき試合をしていたコートから大きな歓声があがった。勝敗が決して、勝ったチームが喜び、負けたチームの選手たちが力なくうつむいたりしている。

その光景を見ながら海が口を開いた。

「……100パーセント純粋に勝利を信じられる奴なんてなかなかいない。〝信じる〟とは違うかもしれないけど勝ちに夢中になれる奴ってのはいるよなぁ」

そう言いながら視線をコート外に向ける。そこには真剣な顔で鷗台高校対高木山高校の試合を観ている日向と影山がいた。

鷗台は今の世代で「小さな巨人」と呼ばれている星海光来がいるチームだ。

コートの中で星海が上がったトスに向かって助走し、ブロック三枚が待ち構えるネット前でドンと重く床を踏みしめ高く高く跳びあがった。高いブロックをものともせず、さらにその上からスパイクを打ちこむ。

日向は星海の動きを瞬きもせず目に焼きつけるように見ていた。

その姿は、テレビの中で初めて「烏野の小さな巨人」を見た時と重なる。

床にボールが落ちた次の瞬間、試合終了の笛が鳴った。

スコアボードの得点は鷗台25対、高木山22。鷗台が駒を進めた。

（次の準々決勝の相手、鷗台高校……ジュンジュンケッショウ……！）

日向たちの少し後ろで見ていた谷地が、その言葉の重みに早くも緊張し始める。

「ありがとうございましたー!!」と高木山高校が応援席に向かって挨拶しているなか、星海がゆっくりと日向たちのもとへ近づいてくる。

日向は1日目の筑井田高校との試合のあと、星海がインタビュアーに星海よりも平均身長が高いチームと戦って勝った感想を聞かれ、毅然と応えていたことを思い出していた。

「俺が小さいから注目するんですか？　小さいことはバレーボールに不利な要因であっても、不能の要因ではない!!」

心が奮い立ったその言葉。

星海が日向の前に立ち、口を開く。

「……二回戦と三回戦を見た。見事だった。どっちが現在の『小さな巨人』か決めようぜ」

烏野のかつての小さな巨人に憧れバレーを始めた日向が挑む相手。

星海は滴る汗もそのままに楽しげで不敵な笑みを浮かべていた。

■初出
劇場版ハイキュー!! ゴミ捨て場の決戦
書き下ろし

[劇場版ハイキュー!!] ゴミ捨て場の決戦

2024年2月21日 第1刷発行
2024年3月12日 第2刷発行

著 者／古舘春一 ◉ 誉司アンリ

編 集／株式会社 集英社インターナショナル
〒101-8050 東京都千代田区一ツ橋2-5-10
TEL 03-5211-2632（代）

装 丁／山本優貴〔Freiheit〕

編集協力／佐藤裕介〔STICK-OUT〕

編集人／千葉佳余

発行者／瓶子吉久

発行所／株式会社 集英社
〒101-8050 東京都千代田区一ツ橋2-5-10
TEL 03-3230-6297（編集部）
03-3230-6080（読者係）
03-3230-6393（販売部書店専用）

印刷所／図書印刷株式会社

Printed in Japan ISBN978-4-08-703543-8 C0293

検印廃止

JUMP j BOOKS

JUMP
BOOKS